KB004910

불안의 쓸모

다정한
시선
2

불안의 쓸모

최예슬 지음

빌리버튼 billybutton

쓸모를 알아보는 사람에게만
존재하는 쓸모

유독 가누기 어려운 마음이 있습니다. 금세 일으켜
지지 않을 때 넘어진 그 자리에서 하늘을 오래 올려다
보다가 알게 되는 조각들이 있는데요, 저는 그것을 품
에 안고 살아가요.

차가운 돌멩이 같아서 서둘러 내려놓고 싶었던 감
정을 손에 꼭 쥐고, 마음의 가장자리를 서성거리는 동
안 서늘했던 표면에 온기가 돌고 뾰족한 모서리는 둥
글고 온화하게 변했습니다. 오래 전의 돌멩이와는 온
도도 모양새도 달라진 그것을 들고 이번에는 마음의

중심으로 용기 내어 들어갑니다. 어느덧 빛이 흘러나오기 시작합니다. 빛이 언제나 그 자리에 있었는데 이제야 알아본 것인지 이제야 빛이 생겨난 것인지 잘 모르겠습니다.

저는 균형감이 가장 중요하다고 생각해요. 그런데 유독 마음에 대해서만큼은 기울어진 희망을 갖곤 했어요. 그늘진 마음을 경계하는 일로는 찾아오지 않는 빛을 한참동안 기다리다가 그늘 아래의 시원함을 만나기로 했습니다. 때가 되니 해가 뜨고, 어둠이 내리고, 비가 오다가 그치고, 가끔 눈이 오기도 합니다. 계절처럼 시시로 찾아오는 어려운 마음을 거절하지 않습니다. 어려움 덕분에 귀한 것을 알아보았고, 그로 인해서 배운 세계 없이는 지금의 저는 존재하지 않았을 거예요. 그늘진 마음과 잘 지내기 위해 했던 여러 가지 시도와 연습을 글에 담았습니다.

자신이 가진 명암을 알아보는 순간 어떤 서사가 완

성됩니다. 내부의 빛도 어둠도, 기쁨과 불안, 만족과 슬픔, 행복과 화까지도 모두 조절하려고 노력하기 전에 우선 알아보고 가만히 귀를 기울이면 감정이 이야기를 시작합니다. 올라온 감정에는 제각각 이유가 있을 테고 그 이유를 헤아리며 품에 안아주면 부정적이라고 여겼던 감정들 덕분에 만날 수 있는 세계가 우리를 기다립니다. 그 세계에서 우리는 우리 자신의 가장 좋은 친구가 됩니다.

쓸모를 알아보는 사람에게만 존재하는 쓸모.
아름다움을 알아보는 사람에게만 존재하는 아름다움.
알아보아서 생겨난 그 세계에서 우리가 만나 온기를 나누었으면 합니다.

어려운 시간의 곁을 지나며 우리가 배운 많은 것들을 어렵지 않은 시간에도 기억할 수 있기를 바라며.

2021년의 봄의 입구에서 최예슬

2부 ＋ 빼기가 어려울 때는 더하기를 한다

3부 ╳ 생각을 곱하고 나누며 살아간다면

1부 ― 자연스레 몸의 힘을 빼며

힘
빼
기
연
습

1.

———
———
———
———
———
———
———
———
———
———
———
———
———
———
———
———
———
———
———
———

놓는 일은 나만이 나에게 줄 수 있는
소중한 선물

얍! 하는 기합과 함께 무언가를 시작하는 일만큼이나 어려운 것은 고요한 시간을 계절처럼 지나보내며 무언가를 지속하는 일. 새로운 물건들을 사들이며 공간을 채우는 일만큼이나 어려운 것은 오래 사용해서 시간이 입혀진 소중한 물건들 중 이제는 필요하지 않은 것을 골라내어 공간을 가볍게 하는 일. 무언가를 지속하는 일과 몸과 마음에서 힘을 빼는 일은 결코 쉽지 않기 때문에 그것을 해내는 사람들은 존경스럽다.

시작부터 끝나는 순간까지 힘을 가득 채운 노래보다 듣기 좋은 노래는 밀물과 썰물이 다녀가는 것처럼 힘을 넣기도 하고 힘을 빼기도 하는 누군가의 연주나 음성. 꽤 긴 변주곡 같은 우리의 삶도 비슷하지 않을까 하고 생각한다. 다짐을 하고, 좋은 경험을 내부에 들이고, 멋진 사람들을 만나고, 열심히 공부를 하는 일은 중요하다. 그러나 추억도 결심도 채우기만을 반복하면 어느 순간 아주 무거운 가방을 멘 것처럼 어깨가 무거워진다.

먼저 손을 내밀었던 것은 당신이었지만 마지막까지

손을 놓지 못했던 것은 어린 날의 나. 시작은 함께여도 끝은 각각 맞이한다는 것이 견디기 어려웠던 그 봄을 잊지 못한다. 그가 떠난 후에도 오랜 시간 마음을 붙잡고는 생각했다. '놓지 않고 있으면 분명 만나게 될 거야.' 영화나 소설에서처럼 결국에는 만나게 되리라 믿었지만 우리들은 끝끝내 만나지 못했고, 놓지 않고 1년을 그리고 2년을, 이후 더 긴 시간을 보내는 동안 나만 점점 더 무거워졌다. 그렇다. 붙잡고 걷는 일은 과거의 시간을 모두 등에 지고 걸음을 놓는 일과 같아서 한 걸음을 내딛는 일조차도 물을 잔뜩 머금은 솜처럼 무겁게 느껴진다. 친구들은 이제 마음을 멈추라고 수없이 말했지만 누구도 나 대신 그를 놓아줄 수 없었다. 붙잡는 일은 혹여 고마운 사람이 도와줄 수 있지만 놓는 일만큼은 내가 나에게 해주어야 한다는 것을 알게 되었다.

어떤 관계나 일, 혹은 마음을 붙드는 일은 생각보다 많은 사람들이 도와준다. "으쌰! 으쌰!" 구호를 외쳐주기도 하고 누군가 건넨 응원의 말로 마음에 힘이 생기기도 한다. 가진 능력을 발휘할 수 있는 여건은 누군가가 대신 만들어서 힘을 실어주기도 하지만, 불필요한 힘을 빼는 일은 아무도 대신 해줄 수가 없다. 갖고 있는 것 중 불필요한 것을 골라내어 내려두고 가볍게 걷도록 도와주는 일은 나만이 할 수 있는 것.

요가 동작도 마찬가지다. 더 안전하게 힘을 만드는 방법에 대해서는 여러 가지로 설명을 할 수 있지만 힘을 빼는 방법에 대해서는 섬세하게 설명하려 해도 도무지 너무 부족하다. 어디에 힘을 빼야 하는지는 이야기할 수 있지만 어떻게 빼는지는 각자의 방법이 있을 뿐이라서 "그곳의 힘을 어떻게 빼면 좋을지 스스로 잘 결정하세요."라는 말만을 하게 된다. 무엇보다 중요한 건 불필요한 것을 내려놓고 숨을 쉬는 일. 힘을 써서 만드는 동작들도 있지만 때로는 불필요한 힘을 놓아야 나를 찾아오는 동작들이 있다. 둘 모두를 경험해보아야만 진심으로 그렇다는 것을 믿게 된다.

그를 놓아버리는 일은 생각보다 쉽게 되었다. 그를 놓고 나면 어떤 시절 하나가 지나가버릴 것만 같다는 두려움에 도저히 놓을 수가 없었는데, 어느 날 아침 눈을 뜨니 이제 놓았구나, 알게 되었고 실제로 한 시절이 지나가 있었다. 기다렸을 뿐인데 놓아졌다. 그러니 아주 고마운 것 중 제일 앞에는 늘 시간이 있다. 지금 어떤 방법을 써도 놓을 수 없는 사람이나 힘, 마음은 시간과 함께 흘러가다보면 어느새 놓게 된다. 불필요한 것을 놓을 수 없는 것은 필요한 힘이 부족해서일 수도 있고, 서둘러 놓고 싶은 마음 탓일 수도 있고, 그 모든 것이 이유일 수도 있다. 중요한 건 충분한 시간을 함께 보내야 한다는 것, 그리고 놓는 일은 나만이 나에게 줄 수 있는 소중한 선물이라는 것을 기억하는 일이다.

가방이 가벼우면 조금 더 명랑하게, 먼 길도 노래 부르며 걸을 수 있다. 가끔 무거워졌다가도 다시 내려놓고 가벼워지면서, 긴 변주곡을 듣기 좋게 만들어간다.

힘
빼
기
연
습

2.

———
———
———
———
———
———
———
———
———
———
———
———
———
———
———
———
———

세상의 많은 '원래'들은 어디에서 왔을까

학교에서 외국인들에게 한국어 수업을 할 때였다. 내가 "안녕하세요!"라고 말하면 학생들은 나를 따라서 똑같이 "안녕하세요!"라고 말했다. "어디에 가요?"를 배운 다음 날이면 학생들은 나에게 "선생님, 어디에 가요?"라고 질문을 했다. 즐거운 일이었지만, 때로는 그만큼 책임감을 느꼈다.

누군가가 학생에게 '너의 한국어가 왜 그러느냐' 물으면 학생들은 어떤 대답을 할 수 있었을까? 아마도 한국어는 원래 그런 것인데 왜 저런 질문을 하는 걸까 고개를 갸웃거리지 않았을까?

아이를 낳아본 적은 없다. 그러나 한국어를 가르치는 동안, 언젠가 아이를 낳는다면 아이는 내가 하는 말을 놀랍도록 똑같이 따라 하고, 내가 매번 짓는 표정을 얼마간 똑같이 짓게 되지 않을까 하는 생각을 했었다.

내가 짓는 표정은 어디에서 왔을까? 일어나는 마음들과 내뱉는 말들은 또 어디에서 온 것일까? 분명하게 어딘가에서 출발했을 텐데 익숙해진 많은 것들은 그

출처를 알 수가 없다. '원래'부터 그랬던 것만 같다. 세상의 많은 '원래'들은 다 어디에서 온 것인지 모르겠다.

그와 헤어져야겠다고 생각했던 것은 그가 습관처럼 "나는 원래 그래."라는 말을 해서였다. 그는 자신이 다음 날 이른 아침 출근을 해야 하는데도 늦은 밤에 퇴근하는 나를 집까지 무심히 데려다주고 가는 사람, 성실하게 사랑하는, 그리고 잘 웃는 사람이었지만 어떤 말의 말미에 자주 등장하는 원래 그렇다는 말은 내 마음을 납작하게 만들었다. 몰랐던 세상으로 함께 가보자고 손을 이끌 수 없을 것 같아서, 0보다도 아래로 내려가보자고 할 수 없을 것 같아서 나는 시무룩해졌다.

그랬던 내가 언젠가부터 나도 모르게 매트 위에서 원래 못하는 것들에 대해 자꾸만 생각하고 있었다. 원래 약한 곳과 원래 어려운 것. 물론 태어날 때부터 약한 구석은 있게 마련이지만 그것이 전부는 아닐 것이다. 현재의 약한 곳은 어쩌면 오래 들여다보지 못했던 곳일 뿐인지도 모른다.

지금부터 다시 오래 바라보다보면 문득 어느 날 무척 강해져 있다는 걸 깨닫게 될 것이다. 태어날 때부터 약했기 때문에 계속 세심하게 돌보았던 신체의 어느 구석은 나중에는 가장 튼튼한 곳이 되기도 한다. 그리고 가끔은 반대로 가장 자신하던 곳이 아픈 날도 있다. 그러면 어쩐지 억울한 마음이 들지만 소홀했었음을 인정하고 다시 잘 살피는 수밖에 별도리가 없다.

원래부터 강하다는 생각이나 원래부터 약하다는 생각은 그래서 꽤 위험하다. 스스로 한계를 만들기 때문이다. 천천히 나아가야만 하는 어떤 섬세함과, 선을 긋고 선 밖에 서서 갈지 말지 내내 고민하는 것은 둘 다 느려 보이지만 매우 다르다.

시작하는 지점에서 만나는 풍경은 우리에게 어떤 바탕을 만들어준다. 그 바탕이 고마울 때도 있지만 때로는 커다란 벽이 되어 우리들을 우물 안에 가두기도 한다. 그러니까 우리, '원래부터 그랬던 것'들이 우리

의 발목을 붙들지 않도록 지금을 그냥 지금으로 받아들이면 어떨까. 어떤 이름표도 달고 있지 않은 몸을 낯설게 만나고, 내가 나를 알고 있다는 오해도 없이, 겸손하게 현재를, 매번 새로운 하루를 받아들이면 어떨까. 완전히 알 수 없는 것은 타인이기도 하지만 자신이기도 하니까.

나는 나를 모른다. 여전히 모른다. 그래서 기대되는 날들 속으로 천천히 걸어 들어가본다.

자연처럼 자연스럽게

겨울이 찾아왔다. 겨울이 오면 어깨도 골반도 쉽게 뻐근해져서 자주 해야 하는 동작들이 더욱 많아진다. 그러나 겨울은 지나간다. 끝없이 겨울일 것 같지만 봄은 소리 없이 찾아온다. 그것은 자연스러운 일이라서, 좋다고 더 앞당기거나 싫다고 더 미뤄둘 수도 없다.

겨울이 왔다는 것을 알면 그냥 겨울답게 지내면 된다. 겨울을 미워하거나 겨울에서 잠시 도망쳐도 결국에는 기운을 뺀 나만 손해였다는 걸 알게 된다.

나무를 바라보고 있으면 갑자기 깨닫게 되는 것들이 있다. 나무는 더운 여름날도 추운 겨울날도 아무것도 두려워하지 않는 것처럼 보인다. 바람이 불면 잎을 떨구고 계절이 바뀌면 다시 새잎을 낸다. 어쩌면 나무는 두려워도 별수 없이 온몸으로 계절을 만날 수밖에 없음을 일찌감치 깨달았는지 모른다. 그렇다. 두려워도 어쩔 수 없다. 자연은 그런 것이다. 사전에서 자연을 찾으면 '저절로 이루어지는 모든 존재나 상태'라는 말을 만나게 된다.

저절로, 이루어지는 것. 그런 것이 이 세상에는 존

재한다. 그것은 힘을 내어 이루는 것보다 훨씬 더 힘이 세다. 자연의 큰 움직임과 자연스럽게 변하는 몸 같은 것들, 자연스럽게 흘러가는 마음 같은 것들. 우리의 힘으로는 어찌할 수 없는 것들. 자연스럽다는 말의 '자연自然'은 우리들이 알고 있는 '자연自然'과 같은 한자를 쓴다. 그러니 자연스러운 것은 애쓰지 않고 저절로 그렇게 된 것, 억지로 꾸미지 않은 당연한 것을 이야기한다.

몸과 마음을 자연스럽게 흘러가도록 두고 싶다. 나이가 드는 모습이 몸에 새겨질 수 있다는 것은 매우 큰 축복이다. 살아가며 담아온 많은 것들이 그렇게 자연스럽게 몸에 나타난다. 오래 거기에 있었던 것은 자연스러운 무늬가 되어 깊게 새겨지고, 몸과 마음의 모습이 변해가는 동안 나이테처럼 쌓여간다. 붙잡히지 않는 것을 붙잡으려 애쓰면 손끝만 하얗게 질릴 뿐이다.

자연스러운 표정을 짓고, 자연스러운 말을 하고 싶다. 웃음이 나오는 날에는 웃음을 섞어 말하고 도무지 웃을 수 없는 날에는 그냥 웃음기를 뺀 얼굴로 응시할 수 있는 용기가 나에게 있었으면 좋겠다. 서먹해서 웃고, 상대가 불편할까봐 웃고, 오해받지 않으려고 웃으면서 오랜 시간을 보냈다. 나는 나보다 나은 내가 되고 싶어서 자꾸만 웃었다. 웃고 싶지 않은 날에 애써 웃음을 짜내어 하루를 보내고 나면 내부는 눈물로 찰랑인다. 웃음이라는 가면이 두꺼워질수록 가면 속 얼굴에는 어둠이 깊어진다.

지난여름에는 처음으로 내 얼굴과 친해지고 싶다고 생각했다. 무표정한 얼굴이 찍힌 사진을 보는데 그 순간 문득, 그 얼굴 역시 '나'인데 그 얼굴은 한 번도 나에게 사랑받지 못했었다는 것을 깨닫게 되었다. 그 표정은 사람들에게 보여주고 싶은 내가 아니었던 것인지 자연스럽다는 생각도 해본 적이 없다. 어쩌면 가장 꾸밈없는 모습이었을 텐데. 그런데 이상한 것은 웃는 모습 사진도 가만히 들여다보면 모두 자연스러운 것은 아니다. 왜 그렇게 자연스럽지 못한 표정을 자주 지었던 것일까 한참 생각하다가 이제야 알게 되었다. 여러 가지 표정을 가진 나를 내가 인정해주지 못했기 때문에. 웃음기를 거둔 나도, 웃고 있는 나도, 모두 자연스럽게 보이는 방법은 그 순간 모든 것에 꾸밈이 없어야 한다는 것이다. 나보다 더 나은 나를 내가 흉내 내는 것이 아니라 있는 그대로의 나로 하루를 살아본다.

수련하는 모습이 누군가의 카메라에 담기면 모르는 내가 거기에 있다. 온통 집중해서 입을 삐죽 모아 내밀고 있거나 너무 심각해 보여서 우스꽝스럽기까지 하다. 그래서인지 요가를 하는 모습을 카메라로 찍는 일에는 영 서툴고, 자연스러운 모습으로 프레임에 담기는 일은 소원하다. 두려워하고 어색해하는 나와 화해하고 싶다는 생각을 하면서, 자연처럼 자연스러운 존재로서의 나를 받아들이는 일에서부터 모든 것을 시작해야겠다고 이제야 마음이 이야기한다. 겨울 같은 나와 여름 같은 나는 내 안에 함께 있으니 겨울은 겨울답게 만나면 된다.

그런 나도 그렇지 못한 나도 모두 계절처럼 지나간 다는 것을 기억할 것.

두려워도 별수 없으니 두려운 날에는 두려워할 것.

웃어지지 않는 날에는 웃지 않아도 스스로를 다그치지 말 것.

이루는 것만큼 이루어지는 것도 주의 깊게 관찰할 것.

자연스러운 모습으로 머무는 장소에 존재하기 위해 섬세하게 시간을 쌓을 것.

자연처럼 자연스럽게 살아가기 위한 첫 걸음마를 뗀다.

삼거리 횡단보도의 빨간불

집으로 돌아오는 길에 언제나 건너는 횡단보도가 있다. 아주 가끔, 마침 초록불이 켜지는 때에 횡단보도 앞에 서면 운 좋게도 멈추지 않고 걸음을 이어가게 되지만 대부분은 왜인지 빨간불에 서게 된다. 그렇거나 그렇지 않거나일 텐데 기억을 돌이켜보면 열 번 중에 일곱 번쯤은 빨간불에 그 앞에 선 것 같다. 별수 없이 기다린다. 기다리고 있으면 오래 지나지 않아 초록불이 켜지리라는 것을 경험으로 알고 있으니까 그리 크게 좌절하지 않고 의연하게 지나가는 차들을 바라볼 수 있다.

요가 동작을 하면서 3분, 5분, 멈춰 있는 날에는 매번 같은 때에 숨을 참거나 숨을 고르면서 시간을 확인한다는 것을 알게 되었다. 혼자서 수련하며 문득 그것을 알게 되고는 무언가 마음속에서 둔탁한 소리가 나는 기분이었다.

요시노 히로시라는 작가가 쓴 〈동사 '부딪히다'〉라

는 시를 읽었다. 그는 시각 장애인이 자신과 부딪히는 사람이나 사물을 세상이 내미는 거친 호의로 여기며 출퇴근을 한다는 말에 감명받아 이 시를 썼다고 한다. 시인은 눈 앞이 보이기 때문에 사람이나 물체를 피해야 하는 장애물로 여겼다는 내용이다.

읽으면서 앞을 볼 수 없는 사람을 상상해보았다. 막대기로 톡톡톡 두들기며 걷는 동안 무언가에 부딪칠 때 혼자가 아님을 확인하며 안도하게 될까, 걷다가 벽을 만나면 그래 이쯤에 벽이 있으니까 이제 오른쪽으로 발길을 돌려야하지, 하는 생각을 하게 될까, 짐작할 수 없는 마음을 가만히 눈앞에 그려본다. 알 수 없는 것을 열심히 떠올려보는 동안 그렇다면 매번 이즈음에서 벽에 부딪힌다는 것을 아는 일과 매번 이즈음에서 횡단보도의 신호를 기다려야 한다는 것을 아는 일, 매번 그때에 그런 마음이 올라오니까 잠시 기다리거나 마음을 돌려세워야 한다는 것을 아는 일은, 크게 다르지 않아 보인다.

어떤 마음 하나와 힘겨루기를 시작하게 될 때가 있다. 그런 날에는 십중팔구 지고 만다. 이기자! 생각하면 이기고야 마는 사람도 있겠지만, 나의 경우에는 이기자! 외치는 순간 그 구호에 힘이 빠져서 결국에는 더 이상 힘을 내지 못하는 사람이다. 그러니까 그것이 마음이어도 사람이어도 다른 무엇이어도 이기려는 마음 같은 것은 별로 갖지 않고 살아왔다. 경쟁사회에서 참 생존하기 어려운 생명체이지만 이기지 않고도 지지 않는 방법을 고심하며 그럭저럭 잘 살아가고 있다. 그래서인지 '그런 마음을 이겨내고 이것을 하겠다' 같은 문장은 나에게서 아주 멀리 있다.

이겨내지 않아도 된다. '이기자'라는 마음이 올라오는 것은 내가 지금 어딘가를 지나가고 있다는 의미이기도 하니까. 집까지 10분도 채 안 걸리는 위치의 삼거리 횡단보도 앞에서 빨간불이 켜져버렸다고 속상해할 필요는 없다. 오늘도 잘 살아내고 건강하게 돌아왔으니 건널 수 있는 횡단보도에서의 서운한 마음은 영

말이 안 되는 것처럼, 몸의 움직임을 감각할 수 있고 잘 살아 있으니 느낄 수 있는 많은 것들 앞에서 움직임의 어려움에 대한 한탄은 안 해도 괜찮은 것 중 하나다.

'아! 힘들어!' '이제 빠져나오고 싶어!' 같은 것들을 느낄 때면, 요즘 나는 가만히 속으로 생각한다. '아, 지금 2분쯤 지났나보군.'

지나가는 길 곳곳에 있는 벽이나 모퉁이를 확인하면서 현재의 위치를 가늠하는 앞이 보이지 않는 사람처럼.

기다리고 있으면 머지않아 그 동작에서 빠져나오게 될 것이다. 아주 불편하다고 여겼던 것도, 굉장히 좋다고 느꼈던 것도 모두 그리 길지 않은 시간 후에 사라지리라는 걸 경험으로 알고 있다.

그리 크게 좌절하지 않고 의연하게, 횡단보도 앞에서 신호를 기다리며 지나가는 자동차들을 바라보는 것처럼 찾아온 마음들을 바라본다.

—
—
—
—
—
—
—
—
—
—
—
—
—
—
—
—
—
—
—

어울리는 옷을 찾는 것처럼

슈퍼마켓에서 언니가 양파링을 집는 날에는 나도 양파링을 집었다. 어린 시절의 나는 언니가 고르는 것이라면 뭐든 제일 좋아 보여서 "그럼 나도 그거 할래!"라는 말을 자주 했다. 언니는 귀찮아하기도 했지만 대체로 그런 나를 내버려두었는데, 언니 옷을 몰래 입고 나간 날만큼은 가만히 두지 않았다.

10대부터 20대 초반까지 언니 옷을 탐내면서 중요한 날이면 항상 언니 옷을 몰래 입고 나갔다. 이상하게도 언니가 입었을 때는 그렇게 예쁘던 옷들이 내가 입으면 예쁘지 않았다. 우리 언니는 굉장히 미인인데, 나는 어릴 때부터 늘 과체중에 얼굴에는 여드름이 났고, 밖에서 뛰어노는 것을 좋아해서 까무잡잡했다. 지금 생각해보면 뭐 그렇게까지 속상한 일이었을까 싶은데, 그때는 못생긴 외모에 대한 고민이 꽤 컸다. 예쁘다거나 아름답다는 말은 별로 들어보지 못했고, 스스로 거울을 봐도 "너 참 예쁘다." 같은 말은 나오지 않아서, 그 예쁜 옷들이 내가 입어서 이렇게 별로인가보다, 생각했다.

짧지 않은 시간을 어울리지 않는 옷을 몰래 훔쳐 입거나 빌려 입으면서 '나는 왜 이렇게 못난이일까?' 한숨지었다.

20대 중반부터 직접 옷을 고르고 사 입으면서 그제야 발견한 사실.

'그동안 나에게 안 어울리는 옷을 입고 있었으니까 그렇게 안 어울렸지!'

나에게 어울리는 옷은 백화점보다 다른 곳에 많았다. 시장에서 한 벌에 천 원이나 삼천 원, 아주 비싸게는 칠천 원하는 옷들이 내 몸에 잘 맞았다. 엉덩이가 커서인지 동양 여자를 위해 만든 기성복보다 키 작은 서양 여자를 위한 옷들과 오래전에 유행했던 빈티지 옷들이 처음부터 내 옷인 것처럼 잘 맞기도 했다. 한국의 백화점에서 내게 맞는 옷을 찾고 있었으니 어떤 옷을 입어도 예쁘기 어려웠다는 걸 그즈음에 알게 되었다.

여행을 다니는 동안 사람들이 무엇을 입고 있는지 가만히 살펴본다. 사람들이 짓는 표정을 본다. 어울리는 옷을 입고 어울리는 장소에 도착한 사람들의 빛나는 한때를 내 눈에 담는다.

내가 나누는 요가 수업에는 굉장히 다양한 분들이 오신다. 연령대도 성별도 다른 사람들이 함께 모여서 요가를 한다. 10대의 여자와 60대의 남자는 다른 동작을 만드는 것이 당연하다. 다른 사람이니까 다른 동작을 하게 된다. 처음에는 눈앞의 누군가를 흉내 내기도 하지만 사람들은 어느새 지금 이 순간 자신에게 필요한 선택을 현명하게 해낸다. 그럴 때면 그에게서 아주 밝고 커다란 빛이 퍼져나오는 것 같다. 제일 어려운 동작을 가볍게 해내서가 아니라 자신에게 적절한 것을 결정하고 받아들인 다음 마음을 다해 해내고 있기 때문에. 그 모습을 보는 게 너무나 좋다.

우리들은 같아지려고 요가원에 온 것이 아닌데, 이

상하게 함께 움직이다보면 모두 같은 동작을 비슷한 형태로 해내려고 한다. 그럴 필요가 있을까? 다른 사람인데, 각각 다르게 하면 안 되는 걸까?

10대에 어울리는 옷과 20대에 어울리는 옷은 다르다. 계절마다도 그렇다. 봄에 입으면 봄이 묻어나는 옷들에 기분이 좋아지고, 겨울이 지나면 겨울옷은 잠시 넣어두고 싶어진다.

나에게 가장 잘 맞는 동작을 찾아내는 일이 쉽지만은 않다. 여러 번의 수련을 하면서 찾아가야 하는, 시간이 들고 마음이 쓰이는 일이다. 인정해야 하고, 노력해야 하는 일인 것이다. 그것은 아무도 대신 찾아줄 수 없다. 내가 시간을 쌓으면서 살펴봐야 가장 적절한 것을 찾게 된다. 찾았다고 끝도 아니다. 계절이 변하고 나이가 들면서 조금씩 다른 옷이 어울리는 것처럼, 요가 동작들도 수련이 거듭되고, 계절이 달라지고, 가끔 쉬다가 만나면 그때에 가장 적절한 선택은 그날 다시 찾아봐야 한다. 가장 자연스럽게 빛나는 순간은 현재의 나에게 가장 적절한 선택을 하면서 깊은 호흡을 이어갈 때이다.

　지나간 계절을 아쉬워하지 않고 지금 찾아온 계절을 반긴다. 매트 위에서도 동작을 그렇게 만나고 싶고, 삶에 찾아온 일들도 그렇게 만나고 싶다.

힘
빼
기
연
습

6.

—
—
—
—
—
—
—
—
—
—
—
—
—
—
—
—
—
—

일어나는 일과 사라지는 일에 대해서

첫 카메라에 필름을 끼웠던 기억은 열여섯 살 때이다. 2월에 태어나 일곱 살에 초등학교에 입학했으니까 고등학교 1학년이었다. 벽돌처럼 두껍고 묵직한 자동 카메라였는데 기종이나 모양은 중요하지 않았다. 그저 순간을 골라 찰나에 셔터를 누르고, 스스로 사진관에서 사진을 찾아올 수 있는 내 카메라가 생겼다는 것이 중요했다. 슈퍼에서 필름을 사서 까만 카메라 덮개를 톡 하고 연다. 펼쳐진 필름의 끝부분을 위아래로 움직여 끼우고, 첫 부분을 걸고 나서 탈칵 닫으면 위잉 하는 소리가 났다.

친구들을 교정에 있던 정자로 불러와 사진을 찍기도 하고, 비 내리는 날에 빗물이 고인 바닥을 찍기도 했다. 사진기의 뷰파인더를 오른쪽 눈 가까이에 가져다대면 이상하게도 내가 알고 있는 세계가 다른 세계처럼 보이는 것이 좋았다. 분명 매일 만나는 친구이고, 당연하다는 듯이 내리는 대단하지 않은 비였는데 카메라는 알고 있다고 생각한 그곳에서 세계가 끝나지 않는다고 나에게 가르쳐주었다. 그때부터 사진기와 사진을 좋아하는 사람이 되었다.

당시에는 너무 비싸게 느껴졌던 흑백 필름을 급식비를 모아서 샀다. 제일 자주 만나던 풍경부터 찍기 시작했고, 나중에는 자주 마주쳤지만 유심히 본 적 없는 것들을 찍었다. 가만가만 한곳에 오래 눈을 두는 버릇은 그 시절에 시작되었는지도 모르겠다. 오래 바라보면 모든 순간에 빛이 있었고, 또 모든 순간에 어둠이 있었다. 둘 다 아름다웠다. 오래 눈을 두고 있으면 가끔 어둠이 사라지는 장면을 볼 수 있었고, 빛이 일어나는 순간을 마주할 수도 있었다.

매트 위에서 의도를 세운다. 세워둔 대로 노력해보고, 그것을 향해 나아가려고 하지만 어느 날에는 어떤 변화가 의도의 밖에서 찾아온다. 내가 세운 의도에만 온통 마음을 두고 있다가 그런 시간이 찾아오면 때로는 굉장히 기쁘기도 하지만 대부분의 경우에는 의도의 밖에 있는 것을 환영하지 못한다. 무엇을 일으키기도 하고 없애기도 하지만, 무언가는 그저 일어나고 사라진다.

　일어나고 사라지는 것이 의도의 바깥에 있다고 거절해보아도 그 모든 풍경은 이미 내부에 흔적을 남겼기 때문에 거절은 다시 뾰족한 날을 세우고 나에게로 돌아온다. 거절이 거절당한다. 그렇게 거절이 이쪽과 저쪽으로 거절당하며 오고가는 동안에도 인생은 흘러간다. 귀하고 소중한 하루가 거절하느라 소비되고 나면 눈을 감아도 감지 않은 것 같고, 눈을 뜨고 있어도 뜨지 않은 것 같다. 일단 일어났다면 환영해본다. 잘 찾아왔어, 인사도 나누고, 손도 잡아보고, 깊게 끌어안으며 온기를 나눠보기도 한다.

　의도대로 되지만은 않는 것이 당연하니까 그 당연한 진리를 거부하지 않으면서 깊은 시간을 보내고 나면 생각보다 거절할 일이 많지 않다는 것을 알게 된다. 어떤 일을 땔감으로 사용할지 결정하는 것은 불을 피우는 사람의 몫이다. 일어난 것과 사라진 것 모두를 뭉

근하게 머금는다. 모두 나의 연료가 될 테고, 내부에
더 뜨끈한 열을 채우면 더 따뜻한 사람이 될 수 있을
테니까.

뷰파인더를 눈 가까이 가져오는 순간 나를 둘러싼
삶이 다르게 보였던 것처럼, 의도에서 벗어난 것처럼
보이는 많은 일들을 요가 매트 위에서 '요가'라는 뷰
파인더로 다시 바라본다. 빛이 드는 일도 어둠이 내리
는 일도, 모두가 조화를 위해서는 그 자리에 있어야만
하는 것이다. 일어날 일이 일어났고, 사라질 것이 사라
졌다. 내가 일으킨 것과 일어난 일 모두를, 내가 없앤
것과 사라진 것 모두를 두 팔로 감싸 안고 걸음을 놓
는다. 순간을 응시하고 가볍게 나아간다.

힘
빼
기
연
습

7.

—
—
—
—
—
—
—
—
—
—
—
—
—
—
—
—
—
—
—
—
—

상처 다음의 우리들

10년 전의 나는 지금의 나의 삶을 상상도 할 수 없었다. 기대 이상의 많은 일들과 기대에 못 미치는 많은 일들을 지나왔다. 그러나 기대는 경험에 기반한 상상에서 오는 것이라, 경험치가 없어서 기대할 수도 없었던 일들이 있다. 요즘의 삶은 그런 일들에 둘러싸여 있다. 아주 긴 시간은 아니어도 10년은, 그런 시간이다.

요즘 자주 만나는 사람들 중에는 10년 전부터 알고 지낸 사람보다 그때에는 존재조차 몰랐던 사람들이 더 많다. 최근에는 10년이라는 시간에 대해 자주 생각한다. 지나온 10년과 앞으로 다가올 10년을, 일상이라는 이름의 길 밖에 서서 타인의 인생을 바라보듯 궁금해한다. 어떻게 살아왔을까, 어떻게 살아가게 될까.

최근 읽은 책 중에 가장 인상 깊었던 책은 김한민 작가의 《아무튼 비건》이다. 책에는 주옥같은 문장들이 너무나 많지만 그중에서도 기억에 남는 말 하나는 한국인들이 가장 굳건하게 믿고 있는 것이 무엇인지 아느냐는 작가의 친구 이야기였다.

"우리가 믿는 건 신도 아니고, 국가도 아니고, 가족, 친구, 학벌, 돈, 부동산, 성공도 아냐. 이 모든 것보다 더 근본적이고 광범위하게 퍼져 있는 건 '세상은 안 변한다'는 믿음이야."

그렇다. 나 역시 그런 말을 한 적이 있다. 조금 변할 수는 있어도 완전히 변할 수는 없지, 라고 이야기하거나 가장 중요한 내부의 어떤 것은 쉽게 변하지 않는다, 는 말들. 주변의 많은 것들이 변했고, 변화를 믿으면서도 그렇게 말했다. 원하는 방향으로의 변화든 원하지 않는 방향으로의 변화든 우리들은 계속해서 변화하고 있다. 살아 있으니까. 그러니까 어쩔 수 없이 계속해서 변화할 수밖에 방법이 없다. 그런데 왜 그런 생각을 했던 것일까.

변화하거나 변화하지 않는 것을 의지대로 해내기 위해서는 노력이 필요하다. 스스로 온 정성을 다하여 힘을 쓰는 마음, 그러니까 열심을 발휘할 것이라는 믿음이 부족할 때면, 변화는 어렵다는 말을 하면서 빠져나갈 구멍 하나를 남겨두었던 것인지도 모른다. 모두들 그렇고 나도 그렇다는 그런 간단한 말로.

"손목을 다친 적이 있어서 손으로 지지하는 동작을 할 때면 여전히 정말 어려워요." 수업에 오신 분이 말씀하셨다. "언제 다치셨던 거예요?"라고 질문했더니 무려 10대 시절. 나도 모르게 "아니! 20년이나 지났는데요? 다치기 전에 살아온 시간보다 그 후에 더 긴 시간이 흐르는 동안 쌓은 몸의 움직임이 그때의 상처보다 더 힘이 세지 않을까요?" 이야기해버렸다. 그런데 돌아서 나올 무렵에는 문득 그분에게 죄송한 마음이 들었다. 나 역시 그런 마음을 갖고 있다는 것이 5분도 채 지나지 않아 떠오른 것이다. 어깨를 다친 적이 있다. 그 이후로는 늘 오른쪽은 조금 약한 쪽이라고 생각해왔다. 그 부상 이후로 벌써 10년이 흘렀는데, 그동안 변화하고 있었을 몸을 온전히 믿어주지 못했다.

매번 몸의 균형을 깨는 것은, 상처가 아니라 무심코 해버린 생각이다. 당연히 어려울 것이라는 생각이 상처보다 더욱 크게 나를 제한한다. 상처와 변화에 대한 그분의 생각은 그분 혼자의 생각도 아니고, 그분과 나 둘만의 생각도 아니고, 어쩌면 우리 모두의 내면에 조금씩 있는 생각일 수 있다. 그러나 상처 다음에 시간이 흐르고 있다. 상처 다음에 우리들은 어떤 변화 속에 놓인다.

의도한 대로 변화하거나 변화하지 않기 위해서는 반복과 노력이 필요하다. 의도를 세웠다면 의심 따위는 먼 곳에 두고 우선 자신을 믿어야 한다. 의도한 대로 변화할 자신이나 수많은 변화 속에서도 의도한 대로 변화하지 않고 마음을 지킬 자신을 가장 먼저 내가 지지해주어야만 의도한 대로 해낼 수 있게 된다.

잘 뿌리내린 자리에서 꿈을 꾼다. 발이 바닥에서 붕 뜬 상태로 구름을 타고 날아다니는 꿈도 나름의 의미가 있겠지만, 불안하지 않도록 뿌리를 잘 내린 상태로 꾸는 꿈은 현실에서 할 수 있는 일들을 보여준다. 변화를 위해 해야 할 노력과 변하지 않기 위해 담금질해야 할 마음들이 보인다. 뿌리내린 자리에서 노력한다. 반복 안에서도 지루하다 생각하지 않으며 매 순간 머무르고, 도전 안에서도 무턱대고 두려워하지 않으면서, 여기에서.

변화하고 있다. 변화를 만들고 있다.
방향키를 잡고 있는 사람은 다름 아닌 나.
순풍에도 역풍에도 키를 단단히 잡아야 할 사람 역시 다름 아닌 나.

힘
빼
기
연
습

8.

—
—
—
—
—
—
—
—
—
—
—
—
—
—
—
—
—
—
—
—
—

멈추고 눈을 감고 숨을 쉰다

하루에 열여덟 시간쯤 눈을 감고 시간을 보냈다. 신생아 때 이후로 이렇게 오랜 시간 동안, 무려 열흘 연속으로 긴 시간 눈을 감은 채 살아본 적이 없다는 것을 알게 되었다. 1일차에 휴대전화를 맡기고 11일차에 돌려받았다. 내 눈은 매일 보던 것을 보지 못했고, 내 귀는 매일 듣던 소리들에서 멀어졌다. 책과 노트도 휴대전화와 함께 맡겼다가 돌려받기 때문에 활자를 읽을 수도 글을 쓸 수도 없었다.

불안했다.

안 하던 것을 할 때 느끼는 불안감과는 다른 불안감이었다. 어떤 생각 하나가 올라오면 우선 메모를 해두고 천천히 곱씹으면서 이야기를 만드는 편이다. 바로 메모해두지 않으면 생각은 금세 사라지곤 해서 늘 메모장부터 꺼내드는 습관이 있다. 적어두어야 안심이 된다. 잃을까봐 두렵다.

아무것도 하지 않고 있으려니 온갖 생각이 떠올랐다. 이야기로 적으면 좋을 것 같은 생각도 있었고, 대

체 이런 걸 왜 아직도 기억하고 있는 거야? 싶은 생각
도 있었다. 메모를 해두지 않아서 잊었을 것이라고 생
각했던 것들까지, 많은 기억을 몸 안에 저장하고 살아
가고 있다는 것을 온몸으로 경험했다.

하루에 열 시간씩 명상만 하는 생활은 해본 적이 없
어서 이렇게까지 움직임 없이 살아본 적이 없다는 것
도 그제야 깨닫게 되었다. 진짜 많이 움직이며 하루를
보냈었구나, 하는 생각도 들어서 잠시 숨이 막혔다. 몸
이 여기저기에서 아우성을 쳤다. 아우성에 귀를 기울
이다보면 그 아우성이 나라는 사람 전체인 것만 같았
다. 눈을 떼지 않고 오래 응시하면 어느 날에는 그 감
각에 집착하고 있는 나를 만나기도 했다. 명상 선생님
께서는 기분이 좋다고 여겨지는 감각에도 불쾌하다고
여겨지는 감각에도 집착하지 않는 연습을 하라고 하
셨다. 몸으로 경험한 것, 스스로의 감각과 거리를 두며
흘려보낸 이 시간이 삶에서 어떤 일이 일어날 때 도움
을 줄 거라고.

우리들은 누군가를 더 잘 알고 싶을 때 그를 오래 바라본다. 움직임을 놓치지 않으려고 아이에게서 눈을 떼지 않기도 하고, 애인이 짓는 작은 표정 하나를 알아채기 위하여 그를 바라보기도 한다. 그게 나라면? 나를 더 잘 알고 싶을 때는 무엇을 오래 보아야 하는 거지? 거울을 바라보면 나에 대해서 한 움큼 더 알게 될까? 세상에, 그럴 리가.

명상을 하며 배웠다. 나에 대해 놓치고 있는 부분을 알고 싶다면 눈을 감으면 된다. 바깥의 이야기들에서 멀어져 내 안의 소리를 듣고, 주변을 가득 채우고 있는 것들을 보지 않는 시간이 필요한 것이다. 내가 아닌 어떤 것에서 나에 대한 정보를 확인하려 하지 않고, 여기가 아닌 다른 곳에서 나의 숨겨진 재능이나 평온을 찾으려고 하지 않는다. 많은 이가 하는 말처럼 '지금, 여기'에 멈춘다. 멈추고 눈을 감고, 숨을 쉰다. 단지 그것만을 한다.

바깥세상을 경험하는 가치가 중요하듯이 내면의 세계를 만나는 가치를 아는 것도 중요하다. 멀리서 바다를 보는 일과 물에 들어가 바다를 만나는 일에는 완전히 다른 아름다움이 있으니까.

기억하고 있는 줄도 몰랐던 것과 상처받았는지조차 잊고 있던 풍경을 명상하며 보게 되었다. 그리고 곧 그 풍경과도 한껏 멀어진다. 내 삶의 작은 조각 하나하나에 너무 큰 의미를 부여하지 않는다. 모두가 의미 있지만 모두가 딱 그 시간만큼의 의미를 가질 뿐이다.

열흘 내내 기억하지 못할까봐 불안했는데, 다 기억하며 이 글을 쓰고 있다. 그렇다. 다 기억할 수 있는 사람이었는데, 스스로를 믿지 못했다. 잊을 거라고 생각했기에 잊게 된 것인지도 모르겠다.

불안하지 않다.

집착하지 않고 지금 이 순간에 온전하게 존재하기만 하면 모든 것들은 나를 통과한다. 마음도, 사람들과의 관계도, 속상했던 기억도, 행복했던 웃음도, 끝나지

않을 것 같았던 어떤 사랑도, 끝날까봐 두려웠던 열정
도, 나를 두렵게 했던 나의 냉정함도, 모두 나를 통과
한다.

그리고 우리들, 삶이 막막해질 때에는 언제나 멈추
고, 눈을 감고, 숨을 쉬어보면서 막막함이라는 마음도
지나갈 것을 기억하면 된다.

그리고 역시, 매일 하던 것을 열심히 안 해보거나 전
혀 안 하던 것을 일상처럼 해보면 마음의 이면이나 삶
의 테두리에 있어서 놓치고 말았던 사소하지만 귀한
것들을 만나게 된다.

• 담마코리아, 위빳사나 명상센터 10일 코스를 경험하고 쓴 글입니다.

몸과 마음의 모양을 존중하면서

이왕 치과에 갔으니까 한동안 치아 관리는 신경 쓸 필요 없게, 가장 깨끗한 상태를 만들어주셨으면 좋겠다고 생각했다. 이제 한동안은 문제없을 것이라는 확실하고 단정한 각진 말을 듣고 싶었던 것 같기도 하고. 조금의 충치 흔적도 없이, 뿌리까지 깨끗하게, 어둠의 씨앗 같은 것은 남김없이 지우고 싶은 마음이었는데, 의사 선생님께서는 물렁하고 사람 좋은 표정만 지으셨다.

"그런 게 어디에 있습니까, 충치가 좀 생겼다고 다 긁어내어버리면 이가 남아나겠어요? 그냥 잘 다독이며 사는 겁니다. 아주 심한 상태가 아니면 더 나빠지지 않도록 꾸준히 살펴보면서 아껴 쓰는 거예요, 치아는. 지금은 치료할 정도가 아니지만 관리 잘 못하면 금세 치료해야 할지도 모르고. 살기 나름이죠."

언젠가는 완전한 상태가 되고 싶다는 바람을 매트 위에서는 어느 정도 밀어두었다. 현재보다 몸이 더 편안해지고, 건강해지고, 동작도 더 잘하게 될지 모른다. 그러나 그럴 수 없을지도 모른다. 이러나저러나 지금 이 순간에 온전하게 내가 존재하기만 한다면 괜찮다고 생각했다. 노력해야 마땅하지만 노력이 꼭 훌륭한 결과, 그러니까 완벽한 상태로 나를 데려갈 것이라는 불확실한 기대를 두 손에서 내려놓은 것이다. 그런데 삶의 다른 부분에서는 그럴 수 없었던 것일까? 치과를 나오며 발끝만 가만히 내려다보았다. 오래 신어 닳아버렸지만 정이 들어서 내 눈에는 사랑스러운 운동화의 앞코가 온화하다. 시간이 내려앉은 자리에 눈을 두면 다정한 기분이 든다.

팔도 다리도 조금 짧은 사람으로 태어났다. 엉덩이는 조금 큰 편이고. 오동통한 몸으로 살고 있다. 어릴 때는 몸에 자신감이 없어서 내내 어깨를 둥글게 말고 걸었다. 고개를 폭 숙이고 바닥을 보며 걷는 사람. 마음에도 자신감이 없어서 입안에서 맴돌던 말을 자주 삼켜버리던 사람. 많은 이야기들이 내 안에서 흘러나

오는 동안 노트만이 내 이야기를 들어주었다.

　그런 몸과 마음으로 요가를 시작했다. 모두가 모여 수련하는 자리에서 혼자서만 고군분투하고 있는 심정이 되곤 했고, 조심한다고 했는데도 부상이 찾아오기도 했다. 요추에 불필요한 긴장 상태를 만들지 않으려고 엉덩이 근육도 잘 쓰려고 하고, 반다도 기억하려고 하고, 아랫배에서 가슴으로 올라가는 힘과 가슴을 쇄골 쪽으로 들어 올리는 힘도 기억하고, 등 윗부분도 쓰려고 애를 썼는데! 그런데도 다칠 때가 있다.

　어깨를 열 때에도 어깨로만 하지 않고 몸의 전반적인 힘들을 모두 넣어보려고 해보지만 아직도 서투른 나는 결국 승모근을 딱딱하게 뭉치게 만들 때가 있다. 어린 시절에 새겨진 움직임들이 아직 내 몸에 가득 남아 있다. 새로운 움직임들을 성실하게 들이고 있지만 깊게 남겨진 것들의 힘은 아주 세다. 다 끌어안으며 살아갈 수밖에, 그 방면으로는 출구가 없다.

다른 몸의 인생으로는 살 수 없고 뺐다가 다시 끼울 수 있는 부위가 있는 것도 아니니까. 이 몸과 잘 지내 보기로 한다. 이 몸으로 살아온 나라서 할 수 있는 일이 분명 있을 거라고 생각하면서.

상처가 생기는 동안 상처를 배웠다. 어둠 속에 갇혀 있는 동안 어둠을 배웠다. 슬픔에 잠겨 있는 동안 슬픔을 배웠다. 인생이라는 것은 꽤나 복잡해서 어둠을 피하지 않고 오래 곁에 두어본 사람의 가라앉은 에너지를 흉내 내는 일은 어렵다. 그 반대도 물론일 테지만. 그러니까 그게 어쩌면 나의 장점이 되는 날도 있을 것이라고 마음을 쓸어내린다. 어둠이 많았던 나는 빛을 뒤쫓는 대신에 어둠을 힘껏 끌어안았다. 그런 다음에야 빛이 다가왔을 때 어색하지 않은 표정을 지을 수 있었다.

내가 가진 몸의 형태와 마음의 형태는 그대로 완전히 존중받아야 한다. 더 나빠지지 않게, 하루하루 좀 더 나아지도록 스스로를 잘 보살핀다. 몸이든 마음이든 출발지점에서의 형태보다 중요한 것은 지금 이 순간에 만드는 형태다. 살아가기 나름이니까.

—
—
—
—
—
—
—
—
—
—
—
—
—
—
—
—
—
—
—
—
—
—

Connection

여행을 한다는 것은 어떤 연결 고리 하나를 용기 있게 끊어내는 일이기도 하다. 반복되는 일상이라는 고리가 하나 끊어지면 그제야 바쁜 날들을 보내며 희미하게 가려졌던 것들이 선명해진다. 갖고 있는 줄도 몰랐던 강함이 드러나기도 하고, 익숙해진 풍경 안에서는 보이지 않았던 약함이 드러나기도 한다. 예상하지 못했던 내 모습을 만나면 새로운 사람을 만나 서먹하고 어색해서 마음이 비틀거리는 것처럼 걸음이 느려진다. '내가 이런 사람이었나?' 하는 생각을 하기도 하고. 그러나 이제 안다. 그렇게 정직한 흔들림의 순간에 흔들림을 외면하거나 흔들리지 않으려 애쓰는 것이 아니라, 흔들림에 직면할 수 있는 것이 진짜 부드러운 강함이라는 것을.

장소와 연결되는 데 시간이 많이 걸리는 사람이다. 사람과의 연결도 마찬가지이지만 여행을 하며 알게 된 것은, 나는 장소와도 낯을 가린다는 사실이었다. 매사에 조금 느리다는 걸 알고는 있었지만, 장소와 낯가

림이 끝난 후에 환한 얼굴로 거리를 활보할 때의 나를 만나고 나면 내 마음의 속도에 힘없는 웃음이 흘러나온다. 몇 번의 혼자 여행으로 이런 나를 알고 있다. 사흘이 지나고 나면 새로운 곳에서의 낯가림이 끝나고, 드디어 그곳의 리듬에 맞춰 걷기 시작한다. 이전 것과의 연결이 끊어지고 다른 것과 연결되는 속도를 경험으로 알아두면 이럴 때 도움이 많이 된다.

다른 장소와 연결이 견고해지는 동안 내가 머물던 장소와의 연결은 조금씩 묽어지고, 그제야 무엇과 깊이 연결되며 살아왔는지를 알게 된다. 어떤 사람과 깊은 연결 고리를 만들면서 살아가고 있는지, 어떤 마음과 가장 진한 연결을 만들면서 지내왔는지 같은 것들을 좀 더 이성적으로 바라보게 되고, 어떤 마음의 습관은 서두름 없이 꺼내어 이별을 준비할 수 있게 된다. 기존의 연결이 끊어져서 연결 고리들을 정리할 수 있고, 돌아가 새롭게 고리를 걸 수 있는 그때, 마음 그릇이 느긋하게 넓어진다.

끊고 나서 가장 크게 인생이 달라진 것이 있다면 육식이라는 연결 고리다. 나는 이제 동물을 먹지 않는다. 그 고리를 끊기 전에는 보이지 않던 세계를 천천히 눈을 닦으며 보고 있다. 그리고 무엇보다 내가 갖고 있는 몸의 강함과 마음의 약함을 그 덕분에 만나게 되었다. 언제나 약하다고 여겼던 몸은 소화하기 어려운 다른 동물의 몸을 받아들이지 못해서 자주 염증이 생기거나 탈이 났던 것이었고, 섭취를 멈추자 천천히 회복되었다.

알고 보니 나의 위와 장은 꽤 건강하고 자기 회복력이 있는 장기였다. 마음은 자극적인 음식들에 많이 기대고 있어서 습관을 바꾸려고 할 때마다 여러 가지 이유들을 만들어냈다. 달래고 설득하며 시간을 보내는 동안 마음도 조금씩 강해졌다.

채식과 연결되며 알게 된 세상에서, 몸이 마음에게 줄 수 있는 도움을 깨닫게 되었다. 그것은 요가와도 닮은 구석이 있다.

마음이 무겁게 가라앉을 때 과거의 나는 매번 마음을 어서 일으키려고 노력하면서, 힘이 날 거라고 여겨지는 무거운 음식들을 든든히 먹고, 몸을 열심히 깨우는 아사나 수련을 했다. 그러나 더 자연스러운 것, 그리고 더 편안하게 흘러가는 것은 가벼운 음식을 적게 먹어 몸이 소화에 에너지를 덜 쓰도록 돕고, 깊은 휴식과 이완에 도움이 되는 아사나 수련으로 몸을 쉴 수 있도록 하는 것이었다. 그러면 아껴둔 에너지를 마음을 일으키는 데 조금 더 사용하게 되고, 몸도 마음도 어느새 스스로 일어나 균형을 잡는다. 에너지를 보충하는 방법이 새로운 것을 과하게 들이는 일에 있지 않을 수도 있다. 타고난 회복력을 존중하면 몸이 나를 도와준다.

여행을 떠나는 마음으로 연결을 끊어본 식습관이 부드러운 몸의 습관과 쾌적한 마음의 습관을 소개해주었고, 근사한 생각을 가진 사람들을 볼 수 있게 공간을 열어주었다.

연결되어 있을 때 보이지 않던 것들은 연결이 끊어져야 비로소 눈에 보인다. 그것은 끊어보지 않으면 영영 보이지 않는다. 반드시 그럴 것이라고 생각했던 것 중에는 시간이 흘러 연결이 끊어지고 보니 그렇지 않은 것들도 꽤 많다. 여전히 이런저런 연결을 살펴보면서 배워간다.

연결되고, 연결을 끊어보면서 중요한 것을 더욱 귀중하게 여기고, 사랑하는 이를 더 사랑한다. 존중받아야 하는 대상들을 더욱 존중하고, 보지 못했던 세계를 조금 더 보려고 노력한다. 나에 대해서도 바깥에 대해서도 언제나 모르는 세계가 있음을 잊지 않는다.

—
—
—
—
—
—
—
—
—
—
—
—
—
—
—
—
—
—
—

결정 전의 흔들림과 결정 후의 담담함

카레에 넣을 채소를 고른다. 카레는 신기해서 무엇을 넣어도 그럴듯하다. 주말에 카레를 만들어 먹자, 이야기한 다음부터 벌써 네 번째 앞에 붙는 말이 달라졌다. 채소 카레, 세 가지 버섯 카레, 토마토 아스파라거스 카레, 시금치 카레. 결국 결정은 시금치 토마토 카레.

시금치와 방울토마토를 사서 집으로 돌아왔다. 결정하기 전에는 이리저리 생각을 비틀어보지만 결정한 다음에는 되도록 결정을 바꾸지 않고 행동을 바꾼다. 그것은 내가 가진 장점이기도 하고, 놓치는 부분이 생기는 아쉬운 점이기도 하다. 소금을 조금 넣은 끓는 물에 시금치를 데치고, 부드러운 향이 피어오르면 건져서 채반에 담는다. 물기를 빼는 동안 준비한 카레 가루를 물에 풀고, 방울토마토를 반으로 자른다. 양파와 토마토, 송송 썰어둔 대파를 오일을 살짝 두른 냄비에 넣어 익힌 다음 시금치와 카레를 넣고 불을 높인다.

아스파라거스를 넣을 걸 그랬나? 같은 생각은 하지

않는다. 한참 동안 고민한 끝에 시금치와 토마토로 결정했으니까 지금 제일 맛있는 음식은 내 눈앞에 놓인 시금치 토마토 카레인 것이다. 그렇다면 하나의 결정이 좋은 결정으로 귀결되는 것은 결국 마음의 문제인가 싶기도 하다. 결정 전의 흔들림과 결정 후의 담담함이 그것을 좋은 결정으로 만드는지도 모르겠고.

어제는 수련을 하고 나와서 버스 정류장으로 걸어가는데 조금 더 가보지 못한 내가 아쉬웠다. 카포타아사나는 내게 어려운 동작이라 언제나 더 갈까 말까 망설이게 된다. 돌아보면 영 견디기 어려운 것도 아니었는데 습관처럼 가던 만큼을 갔다. 더 가볼 생각 같은 것은 하지도 않고 하던 만큼을 했다. 가보니 숨이 거칠어져서 돌아왔던 날에는 같은 자리에서 똑같이 머물러도 후회가 되지 않는데, 가보지도 않고 못 갈 것이라지레 짐작하며 가지 않은 날에는 이렇게 마음에 찌꺼기가 남는다. 삶에서 일어나는 일들 중에도 그런 일들이 있다. 분명 비슷한 상황인데도 어떤 날에는 무언가가 남아 마음속을 굴러다니고, 어떤 날에는 개운해서 '왜 그런 거지?' 갸웃거리곤 한다.

미래의 내가 후회하지 않을 결정을 하고 싶다. 나에게는 결정 이전의 자유와 결정 이후의 책임이 주어진다.

결정 전후에 갖는 마음과 행동의 밀도, 속도에 따라 가끔은 후회하고, 어느 날에는 다행이다 여기며 가슴을 쓸어내린다. 둘 중 무엇이 더 중요한지는 알 수 없다. 결과는 빠르면 내일 알게 되기도 하지만 보통은 한 달 후, 1년 후, 5년 후쯤 알게 된다. 어떤 것이 좋은 결정일까에 대한 답은 언제나 지금은 알 수 없으니 단순하게 지금 좋은 것으로 결정하고 즐겁게 행동하는 연습을 한다. 다만 의식적인 결정을 하자고 다짐한다.

의식적인 순간에만 만날 수 있는 것, 그것을 경험하는 것이 요즈음의 가장 큰 즐거움이다. 의식하지 않고 지나가서 몰라보았던 많은 것들이 이제야 보이는데,

여전히 못 보고 있는 것이 많겠지 생각하면 좋기도 하고 막막하기도 하다. 그러나 좋은 일이라고 여기기로 한다.

드디어 이해가 되는 어떤 풍경과 여전히 모르고 있을 많은 장면들.

몰라서 지었던 오래전 내 표정에 대한 기억.

멀리서 바라본 어느 좋은 날의 사람들 웃음과 서로 가까이 다가가 마주보는 눈빛.

떠들썩한 낮과 고요한 밤, 조용한 한낮과 소란한 밤.

의도를 갖고 행동을 정했으니 안심이 되는 마음과 찌꺼기가 남지 않는 가벼운 기분이 좋다.

할 수 있는데 하지 않고 있는 것, 긍정의 의미로도 부정의 의미로도 그것은 나의 삶에 아주 큰 영향을 끼친다. 의식적인 결정과 행동을 하기 위해 갈 수 있는데도 가지 않는 곳이 있고, 할 수 있는데도 마음을 잡지 못해 하지 못한 것이 있다. 이 모든 것이 계속해서 지워지지 않는 흔적을 남긴다. 내 삶에 파장을 일으키고,

타인의 삶에도 어떤 밀물이나 예기치 못한 썰물로 작용한다.

신기하게, 의도적인 결정 안에서는 대상과 만나지 않고 지내는 동안 연결을 느끼기도 한다.

무엇을 하는지, 무엇을 하지 않는지 조금 떨어진 자리에서 삶을 들여다본다. 무언가를 하는 것도 하지 않는 것도, 잘못된 결정 같은 것은 없다.

그저 의식적으로 의도를 갖고 한 결정이었나? 질문해보기.

결정한 다음 적절한 속도와 깊이로 행동했나? 질문해보기.

좋은 결정에 대한 답은 거기에 숨어 있다.

—
—
—
—
—
—
—
—
—
—
—
—
—
—
—
—
—
—

계속해서 응시하는 동안
두려움은 작아진다

자전거를 타지 못하는 사람은 언제 자전거를 타는 사람이 되는 것일까? 두 사람은 같은 사람일까? 다른 존재가 된 것일까? 곰곰 생각한다. 천천히 배워서 할 수 있는 사람이 되었을 수도 있고, 계절이 바뀌듯 자연스러운 수순으로 할 수 있는 사람이 되었을 수도 있다. 아무튼 어떤 마음의 경계를 넘었음이 분명하다.

할 수 없을 거라고 이야기한 사람은 아무도 없었다. 아, 딱 한 사람 있었는데, 그건 바로 나였다. 대부분의 경우에 가장 힘이 되는 말을 건네는 이도 가장 힘이 빠지는 말을 건네는 이도 나 자신이다. 내가 나에게 말했다. "아마 마음의 선을 넘어서지는 못할 것 같아." 그 말이 내 둘레에 선을 만들었고, 발이 묶인 채 가만히 서서, 힘차게 앞으로 나아가는 사람들을 부러워만 했다.

엄마가 자전거를 사준 것은 열 살 생일 때였는데, 왜인지 탈 수가 없었다. 타보지도 않고 왜 그렇게 무서워

한 것일까 싶지만 그때는 자전거를 생각만 해도 마음이 덜덜 떨렸다. 1년 반이 넘도록 자전거는 빌라 1층 난간에 묶인 채 그대로 있었다. 엄마는 나에게 한번 타보고 나면 별거 아닐 거라고, 금세 배울 수 있을 거라고, 가르쳐주겠다고 이야기하셨다. 그때마다 난 사달라고 하지도 않은 자전거를 엄마 맘대로 사주고 왜 자꾸 타라고 하는 거냐고 투정을 부렸다. 돌아보니 우선 겁부터 내는 마음은 역사가 참 길다.

가을바람이 코끝을 스치던 열한 살의 어느 오후, 갑자기 자전거를 탈 수 있을 것 같다는 마음이 생겼다. 벌떡 일어나서 엄마에게 자전거를 가르쳐달라고 말했고, 우리는 가벼운 옷을 챙겨 입고 빌라의 야외 주차장으로 함께 나갔다. 나가서 5분 후 엄마는 어이가 없다고 하시며 혼 아닌 혼을 내셨는데, 그건 내가 3분도 안 되어서 너무도 쉽게 자전거를 타는 사람이 되었기 때문이다. 자전거를 못 타는 사람에서 자전거를 타는 사람이 되는데 3분도 채 걸리지 않는다니, 세상에나, 속도라는 것은 참 이상한 것이구나. 어린 마음에도 고개가 갸웃거려졌다. 결국은 같은 사람이구나, 자전거를 타는 사람도 자전거를 타지 못하는 사람도 하나구나, 하는 생각도 했다. 다른 존재가 되는 데 이렇게 순식간일 수는 없으니까.

겁이 날 때면 가만히 눈을 감고 겁이 나도록 만드는 존재나 사물을 떠올린다. 찰싹 붙어서 바라보다가 점점 더 먼 곳으로 걸어가면서 그것을 계속 본다. 멀리서 바라보면 두려움 주변에 있는 것들과 맥락을 알아보게 된다.

어릴 때의 나는 나도 무섭고 내가 아닌 것도 무섭고, 두려운 것들이 천지사방에 가득했다. 자전거도 무섭고, 새도 무섭고, 개미도 무섭고, 다가올 앞날도 무섭고, 지금 곁에 있는 소중한 친구가 언젠가 멀어지는 것도 무서웠다.

무서운 것이 너무 많아서 가까워지는 일도, 나아가는 일도 더디고 느린 사람. 그건 지금도 크게 다르지 않지만 이제는 그 마음을 끌어안고 조심스럽게, 그러나 계속 걷는 사람이 되었다. 소풍을 가면 개미를 보며 매번 울음을 터뜨리거나 돗자리에서 벌떡 일어나 도망을 갔다. 아는 언어가 달라서 그만 다가오라고 해도 멈추지 않는 존재는 두려워하기에 마땅한 것이었다. 엄마는 언제나 "네가 개미보다 덩치가 훨씬 더 큰데 대체 뭘, 왜 무서워하느냐"고 물었다. 두려움을 설명할 수 없어서 울상이 되었다. 그때에는 무섭다는 생각이 들면 그저 자리를 피하거나 눈을 돌렸다.

긴 여행을 하면서 대자연 속에서 일상을 이어갈 기회가 있었다. 그때에는 마음에 힘이 생겨 두려움을 오래 들여다볼 수 있었고, 계속 바라보다가 알게 되었다. 서로를 해칠 생각이 없는데 다른 얼굴로 태어났다는 이유만으로 두려워하는 마음이 생겨나기도 한다는 것, 나를 해칠 생각이 없는 어떤 일이 낯선 표정으로 다가오는 것만으로 겁이 나기도 한다는 것을.

대학생 시절에 여의도 공원에서 후배에게 자전거를

가르쳐주다가 어느 자전거 초보자가 나를 향해 돌진하는 것을 보지 못해서 사고가 났다. 순식간에 붕 떠서 잠깐 허공에 있다가 떨어졌다. 팔다리에 큰 상처가 생겼다가 사라졌고 마음에는 더 커다란 흉터가 남아버렸다. 좋아하던 자전거를 다시 타보고 싶어서 종종 시도했지만, 그때마다 앞에서 누군가가 다가오면 식은땀이 나고 가슴이 쿵쾅거려서 더 이상 페달을 밟을 수 없는 상태가 되고 말았다. 지난 봄, 한강 근처로 이사를 온 후로는 자전거 타는 사람을 볼 때마다 검은색 동그라미가 되는 기분으로 마음이 한없이 어둡게 작아졌다.

눈을 감고 생각한다. 지나갔다. 다쳤지만 나았고, 문제가 없다. 기억은 계속 덧붙여진다. 마침표로 보이는 저것은 사실 쉼표인데 작은 꼬리 하나를 떼어내어 마침표로 만든 것은 바로 나. 꼬리를 붙여 쉼표로 만들고 다시 나아가도록 도와줄 이도 바로 나.

두려운 마음을 오래도록 바라보다가 코끝으로 가을

바람이 스치던 어느 밤, 자전거를 빌려 페달을 밟았다. 몸은 생각보다 많은 것을 기억하고 있어서 바람을 맞으며 탄천을 달리던 오래전 어느 날처럼 한강변과 홍제천을 오래도록 달렸다. 다시 자전거를 타는 사람이 되었다. 마음이 경계를 넘는 순간이 너무 눈 깜짝할 새라 그 순간을 또 놓치고 말았지만 경계를 넘었음은 확실해지는 밤.

나는 두려움보다 크다. 두려움은 내가 가질 수 있는 마음의 일부일 뿐, 더 넓은 바탕이 내 안에 있다. 계속해서 응시하는 동안 두려움은 점점 작아진다. 사실 작았던 것을 가까이에서 보며 크다고 생각하다가 실은 작았다는 것을 어느새 깨닫는다.

2부

+

빼기가 어려울 때는 더하기를 한다

마음 더하기 연습 1.

+
+
+
+
+
+
+
+
+
+
+
+
+
+
+
+
+
+

작은 손으로 애쓰지 않고
잡을 수 있는 것들

손이 무척 작다. 어렸을 때 엄마는 키도 더 이상 크지 않고 손도 발도 더 이상 커지지 않는, 어느 순간부터 몸집만 커지는 나에게 하늘 높은 줄은 모르고 세상 넓은 줄만 아는 아이라며 우스갯소리를 하셨다. 그 말이 삶이라는 그릇의 바닥을 채우고 있어서인지 나는 여전히 높아지는 일에는 큰 관심이 없고 넓어지는 일과 멀리 가는 일에만 관심이 있다.

이 두 손으로 붙잡을 수 있는 것들은 그렇게 크지도, 많지도 않다. 무엇도 영원히 끌어안을 수 없다. 찾아온 것들을 전부 안고 걷는 걸음이 얼마나 무겁고 더딜까 생각해보면, 가볍게 한 발씩 놓을 수 있다는 것은 굉장한 행운처럼 느껴진다.

처음 경험했던 상실의 좌절감을 기억한다. 열두 살이었고, 친구의 가족이 놀이공원에 가던 날이었다. 어린 나는 고민도 없이 그들의 소풍에 따라나섰다. 친구 말고는 모두가 낯설어서 아주 뻣뻣한 표정으로 친구만 졸졸 따라다니다가 문득 주변을 살펴보니 처음으로 혼자 들고 나온 아빠의 카메라가 없었다. 목이 막혀 큰 소리도 내지 못하고 눈물을 뚝뚝 흘리면서 카메라가 없다고 이야기하니까 어른들도 친구도 모두 놀라고, 다함께 커다란 놀이공원에서 카메라를 찾겠다고 땀을 삘삘 흘리며 뛰었다. 한참을 찾았지만 카메라는 어디에도 없어서 친구의 아버지가 어쩔 수 없겠다고 이야기하시다가 갑자기 막 웃으셨다. 왜냐하면 카메라는 아무 일 없었다는 듯이, 땀에 축축하게 젖은 내 왼손에 들려 있었기 때문에. 그날을 생각하면 아직도 얼굴이 화끈거린다. 그날 입었던 검정색 민소매 티와 짧은 청반바지와 캡이 뒤로 가도록 썼던 빨간 모자도 여전히 선명하다. 고마운 친구의 가족은 그래도 다행이라고 하셨지만 이미 모두 소풍의 흥은 가셨으므로 해가 지지 않은 오후에 예상보다 이르게 동네로 돌아왔다.

너무 꽉 붙들고 있어서 붙잡은 줄도 모르는 것들이 있다. 놓치지 않겠다고 애를 쓰는 동안 내 몸의 일부처럼 강하게 연결되어버린 것은 아주 반대로 무감각해지기도 한다. 참 이상한 일이다.

무언가를 잃을 수도 있다는 것을 몰랐던 어린 날에는 쥐고 있던 카메라를 잃어버렸다는 생각을 하자마자 가장 가까이 있는 내 손도 확인하지 못한 채 눈물을 삼키며 놀이공원을 헤매고 다녔지만, 이제는 무언가를 잃으면 생각한다. 다 끌어안고 가기에는 무거워서 내게서 멀리 간 것이라고. 소중한 것들을 잊고 지낸 것은 아닌지 삶이 던지는 질문인지도 모른다고. 두 손에 아직 남아 있는 것을 잘 들여다보라는 메시지라고.

몸은 계속해서 변한다. 최상의 상태 역시 매일 같지 않다. 지난해의 최선과 지금의 최선은 여러 가지 의미에서 아주 다르다. 더 나아진 것도 분명히 있지만 태어날 때 한번 선물 받고는 죽는 날까지 그대로 보살피며 살아가야 하는 몸은, 어느 날부터는 약해질 것이 분명하다.

긴 여행에서 돌아와 익숙한 매트에 발을 디디고 많이 속상했다. 잘하는 것을 못하게 될 수도 있다거나 갖고 있던 것을 잃을 수도 있다는 것을 머리로는 알고 있었지만 마음으로는 받아들이지 못했던 것일까. 어쩌면 잃을 만큼 많은 것을 갖고 있지 않다는 생각을 했었는지도 모르겠다. 고작 1년, 많은 추억을 얻었지만 매트 위에서 어렵게 겨우 해냈던 것들을 많이 잃어버렸다. "예전에는 할 수 있었는데" 같은 말은 하고 싶지 않았다. 아무 말도 하고 싶지 않았다. 말없이 자꾸만 매트에 섰다.

300일의 여행과 돌아와 보낸 날들, 아직 젊고 건강한 몸으로 처음부터 다시 시간을 쌓는 동안 떠나갔던 동작들이 다시 와주었고, 잊은 지도 몰랐던 요가를 시작했던 때의 마음도 되살아났다. 시간이 흐르면 익숙해지고 무뎌지고 조금은 당연해질 것들이 지금은 반갑다. 언젠가는 전부 나를 떠나갈 것이다. 돌아올 수 없는 곳으로 가서 그리움만 남을 것이다.

그렇게 될지도 모르지만, 아니 그렇게 될 테니까 지금 뜨겁게 만난다. 지금의 몸을, 지금의 마음을. 영원하지 않으니 더 소중하게 여긴다. 지금 할 수 있는 움직임을, 지금 낼 수 있는 용기와 지금 전할 수 있는 고마움을.

작은 손으로 꽤 많은 사람들의 손을 잡을 수 있다. 많은 것을 붙잡을 수는 없어도 스쳐가는 동안 온기를 전하기엔 충분한 손이다. 인사를 건네고, 친구들을 안아주고, 소중한 이를 위한 따뜻한 식사를 준비하기에 더없이 충분한 손이다.

마음 더하기 연습

2.

+
+
+
+
+
+
+
+
+
+
+
+
+
+
+
+
+

불안은 바깥을 딱딱하게 만든다

불안은 언제나 미래에 있다. 미래에서 나를 찾아와 현재를 딱딱하게 만든다. 할 수 있는 일을 할 때면 불안감이 사라지는 것을 자주 목격한다. 하지만 때로는 열심히 할 수 있는 일을 해도 불안이 사라지지 않을 때가 있다. 불안은 미래에서 왔고, 어떤 일이 일어날지 혹은 일어나지 않을지 지금은 알 수가 없는데 예측하고 싶은 마음을 멈추지 못할 때 그렇다.

힘이 센 불안과는 그저 만난다. 고개를 돌리지 않고 눈을 똑바로 뜨고 만나서 이야기를 나눈다. 그것만으로도 바깥을 조금 더 부드럽게 만들 수 있게 되는데, 그럴 수 있는 것은 불안과 만나 이야기를 나누는 동안 내 안에 생겨난 단단한 조각 덕분이다. 나에 대해 조금 더 알게 되며 깨달은 한 조각.

"엄마가 따라오면 나는 엄마까지 신경 써야 해. 그러니까 소풍에는 오지 않았으면 좋겠어."

타인이라면 누구도 서운하게 만들고 싶지 않았던

내가, 초등학교 1학년 소풍에 가면서 엄마에게 했던 말이다. 엄마는 아직도 가끔 그날의 서운함에 대해 이야기하신다. 소풍이나 운동회날 찍은 사진을 보면 잔뜩 긴장한 표정의 내가 있다. 소풍날이면 항상 모서리가 뾰족한 말을 했다. 다른 아이들처럼 그냥 좋아하고 싶었지만, 낯선 자리보다 평소의 자리가 더 좋았던 것이 사실이다. 이제는 그런 나를 이해할 수 있지만 당시의 나는 그런 나를 이해할 수가 없어서 나를 가장 사랑해주는 사람에게 못되게 말을 했다. 불안했던 것이리라. 새로운 장소로 다함께 달려가는 일도, 장기자랑을 하는 일도, 친절해 보이려고 웃어 보이는 일도. 그 불안을 들키면 모두들 나를 어색하게 바라보지 않을까 하는 마음이 있었다.

익숙하지 않은 장소와 모르는 사람들이 많은 곳에 가면 평소보다 말수가 적어진다. 해야 할 말을 못하거나, 쑥스러움을 감추기 위해 하지 않으면 좋을 말을 하는 것이 두려웠다. 누군가가 나를 오해하게 되는 일과 내가 누군가를 오해하는 일도. 누구도 밉지 않은데 마음을 오해하거나, 부족한 말에 익숙하지 않은 타인이 상처를 받는 일이 생겨나는 것도. 그렇다. 불안은 미래에서 나를 찾아와 내 말과 표정을, 마음을 딱딱하게 만들었다.

혼자 있는 동안 마음에 열이 나고 쉽게 울어버리는 시기에는 타인에게 눈보라치는 겨울밤처럼 차가운 말들을 하게 된다. 말의 온도가 자꾸만 낮아진다.

바깥으로 내뱉는 말에 날이 서는 날에는 걸음을 멈춘다. 외부를 향한 표정이 유독 딱딱하게 굳어질 때에도 잠시 멈춰 선다.

벽에 부딪히면 우선 벽의 무늬를 가만히 응시하는 사람. 쉽게 돌아서지도 않고, 바로 부수는 방법을 찾아보지도 않고, 벽을 타고 올라가 넘으려 하지도 않는 사람. 그 자리에서 한참 동안 지켜보다가 마음이 정해져야 그제야 몸을 움직이는 사람. 흔들리는 동안에는 잘 결정하지 못하는 사람. 나라는 사람.

그런 나였으니 멈춰 선 그 자리에서 벽과 함께 한참 있었다. 불안이 만든 벽에 둘러싸여 시간을 보내는 동안 벽과 조금 친해졌다. 불안과 함께 보낸 시간만큼 불안을 이해하게 되었다. 불안해하는 스스로를 기다려주기만 하면 된다는 것을 알게 되었다.

약해져버린 내부의 에너지는 몸 바깥을 딱딱하게 만든다. 언뜻 보면 강해 보이지만 실은 덩치만 커진 경직이 거기에 있다. 아래 복부의 약함과 허벅지 안쪽 내전근의 약함은 수련을 소홀히 하면 바로 골반과 허벅지의 바깥쪽을 딱딱하게 만든다. 그럴 때마다 다시 약한 내부에 시선을 둔다. 원인은 외부에 있지 않다. 한 다리로 지지하는 동작 여러 가지를 연달아 할 때면 발바닥의 안쪽에서부터 허벅지의 안쪽으로, 복부의 아래쪽과 척추 중심선으로 힘을 잘 채워두어야 함을 더절실히 느끼게 된다. 약한 내부는 확실히 바깥 근육을 과사용하게 하고 때로는 경직된 채로 아사나를 겨우 흉내만 내도록 한다.

몸의 바깥쪽이 딱딱해질 때, 관절과 관절 사이 어딘가에 공간이 사라져 잘못된 느낌이 들 때, 마음이 불안해질 때면 내부를 더 단단하게 만들고 숨을 깊게 쉰다. 발바닥의 안쪽까지, 두 다리의 안쪽, 복부의 안쪽과 상체의 중심선에 힘을 채우고 나면, 그래, 이제 바깥은 부드럽고 가벼워진다.

마음의 깊은 곳에 힘이 채워지면 모서리가 둥글고 친절한 말을 타인에게 건넬 수 있게 된다. 다정한 시선으로 풍경을 응시하고 얼굴에는 자연스러운 미소가 드러난다. 삶에서 불안을 만났을 때 나를 지키는 힘 역시 내부에 있다.

+
+
+
+
+
+
+
+
+
+
+
+
+
+
+
+
+

물처럼 흐르는 것들에 대하여

되짚어보면 분명 즐거웠던 기억들이 있다. 벚꽃이 질 무렵 여의도를 달렸던 날도, 평소에는 차로 다니던 한강 대교들을 건강한 몸으로 바람을 실컷 맞으며 달렸던 날도 좋았다. 손을 뻗어서 만지작거리면 깊은 곳에서부터 온기가 올라오는 작은 손난로처럼, 안에서부터 퍼져 나오는 화창한 마음의 순간들. 멈추지만 않는다면 계속해서 앞으로 나아가게 된다는 정직함도, 평소에는 고요한 시간에만 잘 들을 수 있는 내 숨소리를 바깥의 자동차 소리, 건강한 타인들이 뛰면서 내는 숨소리와 구호 사이에서 귀 기울여 듣는 일도 즐거웠다. 밖이 소란스러워지면 나도 함께 소란스러워질 것만 같았는데 오히려 마음이 더 내부를 향하는 느낌이 좋았던 것이리라.

재미없다는 생각을 했던 것은 기록에 대한 말이 시작되면서부터였다. 마라톤에 나가면 매번 10킬로미터를 뛰었다. 평소에는 별다른 트레이닝을 하지 않고 그날의 건강 상태에 의존하며 달렸기에 그리 빠르지 않게, 대부분 한 시간 이내로 도착지점에 다다랐지만 기록은 항상 잘 기억이 나지 않았다. 달리기가 즐겁다고 말하면 사람들은 기록을 묻곤 했는데, 나로 말하자면 뛰기는 했으나 내가 몇 분 만에 도착한 지도 모를 만큼 그 부분에는 관심이 없는 사람이었다. 그저 한 시간 정도를 계속해서 움직이면 여기에서 저기로 이동하게 된다는 사실 그 자체가 신기하고 좋았을 뿐이었다.

기록에 대한 질문을 듣고, 대답하고 나면, 사람들은 시간을 단축하기 위해 필요한 연습 같은 것들을 알려주었다. '왜 그렇게까지 해야 하는가?' '왜 빨라져야 하는가?' 하는 질문이 내부에서 올라왔다. 그들과 나는, 달리기를 하는 의미가 다른 곳에 있었다. 지금 생각하면 그저 모른 척하면 그만이었을 그런 이유였는데, 그때에는 길을 잃은 기분이 들어 어느새 달리지 않게 되었다.

당시의 나는 빨라지고 싶지 않다고 말하면서도 빨라지는 방법들을 연습할 수밖에 없는, 심지가 매우 약한 사람이었다. 보편적인 가치가 정답인 줄 알았다. 소수의 다른 가치들은 내 울타리 안에서는 보이지가 않았다. 좁은 시야로 볼 수 있는 만큼만을 보았기 때문에 생겨난 오류들이 있었다.

요가가 좋았던 것은 내 눈에 부족해 보이는 나를 부족하다고 여기는 사람이 나 자신뿐이었기 때문이다. 요가 아사나를 뛰어나게 잘하는 사람은 물론 아주 멋있지만, 요가는 그것이 전부가 아니었다. 건강한 마음을 잘 담아서 시간을 건너가기 위해 견고하고 부드러운 몸을 만든다. 마음만 살펴서도 몸만을 살펴서도 결국에는 부족하다. 그 사실이 참 아름답다. 동작이 서툴러도 동작 안에서 깊은숨을 쉬며 스스로를 긍정하는 사람들은 그 순간 충분한 요가를 하게 된다. 화려한 동작을 해내야만 되는 것이 아니라.

달리기가 다시 궁금해졌다. 내가 만들고 그 안에서 혼자 저항하던 선 밖으로 걸어 나오고 나니 멋진 사람들을 자꾸 만나게 되는데, 최근에 인연이 닿은 달리기 선생님이 있다. 빨리 달리지 않아도, 멀리까지 가지 않아도 달리는 그 자체로 충분하다는 이야기를 하는 사람. 그런 방식으로 달리기를 사랑하는 사람과 만나고 나니 달리기도 요가와 닮아 보인다. 기량이 늘어나면 빨리 달리게 되기도 하겠지만, 멋진 풍경들을 더 느긋한 마음으로 볼 수도 있겠구나, 부상 없이 더 즐겁게 달릴 수 있다는 것이 연습의 이유가 될 수도 있겠구나 하는 생각을 하게 되었다. 요가처럼.

요가를 할 때도, 달리기를 할 때도, 그것을 만나는 순간의 행복에 중요한 가치를 둔다. 도착점에 마음을 먼저 보내고 나서 헐레벌떡 뒤쫓아가는 대신, 과정 내내 나를 만날 수 있기를 바란다. 언젠가 어려운 동작을 멋지게 할 수 있게 된다면 참 좋겠지만, 그것보다도 매 순간 살아 있는 나를 느끼는 일에 가치를 둔다.

행복은 '쉽다'도 '빠르다'도 '높다'도 아닌 나의 발아래에 있다. 의미가 있는 곳에서만 의미를 찾는 실수를 하지 않고, 한계를 스스로 만들지도 않는다면 무언가를 넘어설 필요도 없고 무리할 필요도 없다. 그렇게 물처럼 흘러갈 수 있다. 물처럼 흐르는 요가, 물처럼 흐르는 새로운 달리기.

마음더하기 연습

4.

+
+
+
+
+
+
+
+
+
+
+
+
+
+
+
+

우리들, 시들지 않도록

누군가가 아주 단호하고 명료하게 이야기해주었으
면 좋겠다.

"3일에 한 번 물을 주고, 매일 환기를 시키고, 햇빛
이 드는 쪽에 두면 절대로 죽지 않을 거야. 그러니까
너무 두려워하지 마."라고.

그러나 화원의 사장님들은 늘 이야기하신다.
"겉흙이 마르면 물을 주고, 잘 살펴봐요. 날씨에 따
라서 흙이 마르는 속도가 다를 테니 물을 주는 빈도는
계절마다 달라질 거예요."

아니, 대체 어디까지가 겉흙인지도 모르겠는데 겉흙
이 말랐는지 어떻게 알 수가 있나. 생각해보면 살아 있
는 것에게 '반드시' 같은 수식어는 가당치 않은 것 같
기도 하다.

개인 요가 수업을 하러 꽤 오래 다니고 있는 집이

있는데, 그곳의 율마는 늘 푸르다. 창문 앞에 조르르 놓여 있는 화분들에게 사랑을 듬뿍 받는 식물들 특유의 건강함이 보였는데 그중에서도 율마가 특히 참 예뻐 보였다. 겨울이지만 계절과는 상관없이 봄의 연둣빛으로 빛나는 식물을 보고 있노라니 기분이 좋아져서 지난번 식물 쇼핑 때 율마를 사보았다.

얼마 지나지 않았는데 집에 데려온 율마 줄기의 한 부분이 갈색으로 뻣뻣해졌다. 놀러 온 친구가 그 부분을 잘라내어야 한다기에 바로 잘랐는데, 그럼에도 자꾸만 갈색 가시가 되는 부분이 늘어나서 걱정이 점점 커졌다. 그 집의 율마는 대체 어떻게 그렇게 늘 푸르른 것일까? 궁금해서 여쭤보았다.

"네? 무슨 이야기예요?" 질문이 돌아와서 "아니, 이 집의 율마는 항상 건강하잖아요. 싱싱하게 푸르르고. 저희 집의 율마는 죽어가는 것 같아요. 어떻게 저렇게 잘 자라요?"

"에이, 무슨 소리예요, 네 번째 율마인데?"

함께 큰 소리로 웃었다. 맙소사! 누군가가 쌓은 실패
는 잘 안 보인다고 종종 생각하지만 그래도 너무 했다.
탁월한 능력인 줄 알았는데 고군분투 중이었던 것이다.

누군가가 깊은숨을 부드럽게 쉬면서 단정하고 가볍
게 어려운 요가 동작을 해내는 모습을 보면 그는 처음
부터 그렇게 해냈을 것만 같다. 그가 그 동작을 하면
서 몇 번 넘어졌고, 몇 번 좌절했고, 몇 번 다시 일어섰
는지 같은 것은 보이지 않는다. 아주 단순하고 쉽게 하
는 것 같을수록 그 안에는 많은 실패들이 쌓여 있다.
그 많은 실패 위에서 가볍게 웃으며 해내는 것이다. 어
쩌면 식물들과 잘 살아가는 일도 그런 것 같다. 어렵지
않게 해내는 것 같아 보이는 모습 뒤에는 대부분 오랜
시간 동안 마음을 쓴 경험들이 있다. 그런데 그런 것들
은 앞에서는 잘 보이지 않고, 뒷면으로 돌아가 가만히
오래 바라보아야 보인다.

그래도 역시 중요한 것은 환기인 것 같다고 다들 이

야기한다. 그렇구나, 역시. 살아 있는 것에게는 언제나 숨이 제일 중요하구나. 고개를 끄덕이면서 사람들의 말을 들었다. 그러니까 숨도 한 번 크게 쉴 수 없는 곳이라면 그게 어디여도 그게 얼마나 대단해 보여도 좋을 것이 없다. 식물들에게 우리 집이 좋은 곳이었으면 좋겠다고 생각하면서 창문을 활짝 연다. 겉흙은 아직도 어디까지인지 잘 모르겠어서 왠지 목이 마른 것 같으면 물을 주고, 빛을 너무 많이 받아 힘들어 보이는 듯한 날에는 자리를 옮겨주면서, 너무 추운 날에는 조금 덜 추운 장소로 옮기기도 하면서 함께 사는 방법을 찾고 있다.

시드는 일이 참 한순간이다. 환기도 시키고 물도 주고 빛도 받게 해주었는데, 잠깐, 아주 잠깐, 조금 바쁘다는 이유로 돌보는 걸 잊으면 금세 시들고 만다. 꼭 그동안의 노력은 없었던 것처럼.

어쩌면 내 몸과 마음도 그러할지 모른다. 좋은 음식

도 주고, 충만한 경험도 하게 해주고, 숨도 크게 쉬게 해주고, 아름다운 음악도 들려주고 그렇게 잘 살다가 잠깐, 아주 잠깐, 숨을 돌보는 것보다 중요한 일이 많다는 이유로 숨 가쁘게 지내다보면 우리도 금세 시들고 만다. 소화가 안 되고 자꾸만 한숨을 쉬면서 조금씩 시들어간다.

너무 늦기 전에 나를 돌본다. 숨이 잘 쉬어지는 곳에서 빛을 받고 적당한 음식을 적절하게 먹는다. 몸을 움직이면서 숨을 몸 구석구석으로 퍼뜨리고 신나게 움직인 다음에는 충분히 휴식을 취하면서.

마음 더하기 연습

5.

+
+
+
+
+
+
+
+
+
+
+
+
+
+
+
+
+

더하기 습관

그런 날에는 색이 고운 과일을 두 손 무겁게 사 와서 정성스럽게 잘 삼킨다. 정오가 되기 전까지는 따뜻한 차를 내 안에 잘 채워두고, 오후부터는 내내 과일을 먹는다. 매트 위에서 더 긴 시간을 보내고, 땀이 배어나올 만큼 몸을 움직여보면서 올라오는 생각을 모르는 척한다. 몸에 담기는 모든 것에 정성을 담아서, 나에게 꽉 차고 텅 빈 시간을 선물한다.

그러니까, 너무 많은 생각으로 가득 찰 때나 나만 빼고 모두 잘 살고 있는 것 같다는 바보 같은 생각이 들 때 말이다.

사람들은 가끔 내가 쓴 글이 나라고 생각하면서 "너는 스스로를 잘 사랑해주면서 감정에 큰 휘둘림 없이 지낼 것 같아."라고 이야기하지만, 나의 글은 그저 내가 되고 싶은 사람에 대한 이야기, 노력하는 것에 대한 이야기이다. 가끔은 나도 초라해진다. 혼자 있을 때면 소리 내어 울어버리기도 하고, 스스로가 멍청해 보여서 이불을 한참 동안 발로 차기도 한다. 그럼에도 불구

하고 별일 없어 보이는 이유는 내가 만든 '새로운 관성' 덕분이다.

하나의 관성에서 벗어나는 것은 그것이 관성이었음을 깨닫는 일에서부터 시작한다. 관성의 힘은 아주 세기 때문에 나같이 나약한 존재는 관성을 끊어내기가 아주 어렵다. 다른 관성으로 잠시 한눈을 팔아야 벗어날 수 있을 정도다.

나에게는 더하기 습관이 있다. 새로운 관성을 만드는 습관인데, 이것이 실제로 꽤 괜찮은 방법이었다는 것을 한 심리학자의 책을 읽다가 알게 되었다.
'포기하지 말자!'라고 외치고 나면 그 말에 오히려 휘말리며 포기하는 나이기 때문에 '딱 열 호흡만 기다려보자.'같이 다른 언어를 사용한다. 늦은 밤인데 떡볶이가 먹고 싶다는 생각이 들 때면 채소를 가득 넣은 버섯볶이를 해 먹는다. 무엇을 '하지 말자'나 '먹지 말자' 같은 말로는 스스로를 설득하지 못하는 사람이라서 어떤 관성을 덮을 만한 또 다른 말로 나를 설득한다.

마음의 관성 탓에 매번 같은 초라함에 매몰된다. 어렸을 때부터 어떤 계절마다, 혹은 한 달에 한 번 호르몬의 영향을 받을 때마다, 갖고 있는 못난 부분들을 모두 꺼내어두고는 하나하나 곱씹곤 했다.

'마음이 왜 이럴까?' 생각하면서도 그것을 타인에게 말하지는 못했고, 그것은 어느새 습관이 되어 고민을 누군가에게 잘 털어놓지 못하는 사람이 되어버렸다. 얼마나 초라한 마음이 되곤 하는지를 정확하게 아는 사람이 나뿐이라는 것은 조금 안심되고 또 조금 외로웠다.

마음을 공부하다가 '마음이 왜' 대신 '몸에게 무엇을, 어떻게' 하면 좋을까를 생각해보기로 했다. 마음이 어딘가로 끌려갈 때면 마음을 살펴보는 대신 몸을 위해 해줄 수 있는 좋은 것을 다 찾아서 나에게 해주는 것이다.

마음에게 말을 걸지 않고, 마음이 사는 집인 몸에게

말을 걸면서 마음이 더 깨끗한 집에 누워 쉴 수 있도록 준비한다. 정돈된 몸의 감각은 모든 것들이 정갈하게 놓여 있고 빛이 잘 드는 집 같다. 꽤 괜찮은 인생을 살고 있구나, 생각하게 된다. 이렇게 새로운 관성이 생겨났다.

빼기가 어려울 때는 더하기를 하면 된다. 더하기를 해보아도 힘이 센 관성이라면 한 번 더 다른 더하기를 하면 된다. 그래도 되지 않으면 또 한 번 더.

내가 나를 포기하지만 않으면 된다.

+
+
+
+
+
+
+
+
+
+
+
+
+
+
+
+

알아보아야만 빛나는 것

가장 잘 보이고 싶은 사람은 바로 나 자신이다. 내 눈에, 부디 내가 선하고 고운, 견고하고 유연한 사람이었으면 좋겠다. 사랑하는 사람의 눈에 드는 일 이상으로 원하는 것이다. 그럼에도 불구하고 가끔은 세상에서 가장 나를 못난이로 보는 사람이 나일 때가 있다. 내가 나와 잘 지내는 방법에 대해서 계속해서 이야기하는 이유는 아마 나야말로 자신과 친해지는 방법에 대해 여러 방향으로 고민하는 사람이기 때문일 것이다. 마음의 결핍을 크게 느끼던 때도 있었고, 몸이 약해서 갑상선 질환과 신장 질환을 겪으며 입원을 하거나 오래 약을 복용하기도 했다. 그런 허약한 부분들로 내가 나를 판단하던 시기가 있었는데, 그때에는 약한 모습을 보일 때마다 그 모습 하나로 나를 일반화하면서 스스로에게 모진 말들을 하고는 한없이 가라앉았다.

　집으로 올라가는 길목 모퉁이에 작은 레스토랑이 하나 있다. 검은색 간판을 단 그 식당 안에서는 한 남자분이 혼자서 음식을 만들고 테이블로 음식을 나르고 계산까지 하는데 아주 허름한 이 가게에 단골이 꽤 많다. 이사 온 지 1년이 넘었는데도 눈으로만 여러 번 드나들던 입구의 문을 열고 들어갔다. 비지가 들어간 뜨거운 메뉴를 주문했는데 식전 빵도, 음식도 풍성하고 맛있게 나왔다. 그리고 다정했다, 그곳에서의 시간이 내내.

아, 1년 넘게 안 와보고 뭘 한 거지? 생각하며 좋은 저녁 시간을 가졌고, 요즘은 그 길목을 지날 때마다 든든한 기분이 된다. 언제든 저기에 들어가면 뜨거운 위로 같은 따끈한 그 수프 한 그릇을 먹을 수 있겠지? 하는 생각만으로도 배 속이 따뜻해진다.

알아보아야만 빛나는 것에는 동네의 허름하지만 아주 맛있는 레스토랑도 있고, 잘 알려지지 않았지만 아주 훌륭한 한 권의 책도 있다. 새롭게 생긴 것이 아닌데 알아보는 순간에는 모든 것이 새로 생긴 것만 같다.

단점이라고 스스로 치부해왔던 것들이 있다. 나에게 사랑받지 못한 것들은 빛 속으로 나오지 못하고 어두운 곳에 웅크리고 있다가 가끔씩 일어나 말썽을 일으키곤 한다.

어떤 생각이 올라오면 납득할 때까지 바라본다. 조물조물 생각을 만지작거리면서 동그랗게 만든 뒤 눈사람의 몸처럼 혹은 하나의 탑처럼 쌓아두고 계속해서 바라본다. 오른쪽으로도 왼쪽으로도 가서 보고, 고개를 아래로 끌어당겨 밑면도 살펴보고, 까치발을 하고는 윗부분도 본다. 어디에서 왔는지 어디로 가는지 어떤 지금을 만들고 있는지 생각한다. 눈사람을 두 손에 들고는 손이 차가워지는지도 모르고 한참 동안.

내 삶이 내 마음에 드는 방법을 알 수가 없었다. 어김없이 찾아오는 몸과 마음의 약함에서 도망쳐보기도 했는데 도망치고 도망쳐도 결국에는 그 자리로 돌아오게 되어서 이번에는 자리를 지켜보았다.

마음에 차지 않는 어떤 모습의 진실을 정직하게 마주하고 받아들였던 그 순간에, 단점으로 여겼던 모습들은 장, 단이라는 표식을 떼어냈다. 인정해주고 나니 특징들은 의외의 좋은 일을 하기도 하고, 마음의 그 길목을 지날 때마다 오히려 든든한 기분이 되기도 한다. 덕분에 잘 살고 있다.

우리들은 많은 것들을 이해한다고 생각하지만 실은 많은 일들을 오해하며 살아가는지도 모른다. 어떤 오해는 스스로를 향하기도 하는데, 약점을 부정적인 것으로 분류하는 것이 바로 그것이다. 약점의 인정은 때로 가장 큰 강점이 된다.

질투가 약점인 사람은 질투가 동력이 되어서, 우울이 약점인 사람은 우울함이 만드는 깊은 에너지로, 사랑이 약점인 사람은 넘치는 사랑의 고운 빛깔로, 욕심이 약점인 사람은 욕심으로 만드는 다양한 도전으로. 스스로 그것을 단점이라고 여기지 않고, 그것으로 자신이든 타인이든 다치게 만들지 않는다면, 인정하고

존중하며 적절하게 살펴준다면 약점이라고 생각한 그 점이 나만의 능력이 될 수도 있다.

스펙트럼의 색이 단 하나 노란빛이라면 얼마나 이상할까? 노랑도 있고, 파랑도 있고, 보라도 있을 때 나라는 사람의 스펙트럼이 완성된다. 내가 알아보고, 나의 인정을 받는 순간 그 모든 것들이 각자의 색으로 빛난다는 사실이 참 좋다.

내가 생각하는 내 단점은 어쩌면 내가 제일 나다울 수 있는 단단한 점이다.

+
+
+
+
+
+
+
+
+
+
+
+
+
+
+
+
+

정성스럽게 보낸 시간이 주는 선물

귀한 것을 알아보고 소중하게 여기며 정성껏 살피면 그 귀한 것이 나에게 선물을 준다고 생각한다.

요가 지도자 과정을 듣고 수업을 막 시작했을 때에는 모든 것이 어렵게 느껴졌지만 그중에서도 나를 가장 불안하게 만들었던 것은 숨에 대한 말이었다. 들숨과 날숨을 말하면서 동작을 리드하도록 선생님께서 연습을 시키셨는데, 이해가 되지 않으면 도무지 외우지 못하는 사람이어서 입을 뗄 수가 없었다. 학교 공부를 할 때도 흐름을 이해하기 전까지는 한 걸음도 내딛지 못하는 편이었고, 타인의 속도보다 느리더라도 큰 틀이 보이고 구조가 이해되어야 뒤늦게 도전을 시작할 수 있었다.

그러던 어느 날 외우기를 포기하고는 매트 위에 섰다. 동작의 순서만 정해두고 숨소리를 가만히 들어가며 흐름을 타보기로 한 것이다. 들숨에 무엇이 적절할까? 날숨에는 무엇을 해야 하는 것일까? 숨소리를 들는 동안에는 이전에 나를 가득 채웠던 의문들도 소리를 내지 않고 기다려주었다. 계속해서 들으면서 몸이 원하는 것을 해보았던 그 수련이, 이후의 모든 것에 영향을 주었다. 숨을 소중하게 여기면서 정성껏 숨을 쉬었더니 숨이 이야기를 했다. 해야 하는 것과 할 수 있는 것, 더 가보면 좋은 때와 잠시 숨을 고르며 머물러야 할 곳들을 숨이 가르쳐준다.

조금 더 소중하게 대했을 뿐인데 숨이 너무 많은 것들을 갑자기 가르쳐주어서 벅찼던 그날을 기억한다. 외우지 않아도 될 일이었구나. 온몸으로 이해해야만 하는 일이었구나. 고개를 끄덕이며 숨에게 감사 인사를 했다.

함께 명상 수업에 참가했던 선생님 한 분이 어느 날 우화 하나를 들려주셨다.
한 스승이 제자에게 좋은 스푼에 귀한 기름을 담아주고는 귀한 것이니까 흘리지 말고 시장 구경을 하고 오라고 했다. 제자는 귀한 것을 흘리지 않으려고 주의하며 시장 한 바퀴를 돌고 돌아왔다. 정말 기름을 하나도 흘리지 않고. 그러자 스승이 묻는다. "시장에는 무엇이 있었느냐? 좋은 것이 있었느냐?" 제자는 귀한 것에만 눈을 두고 흘리지 않으려 조심하느라 시장에 무엇이 있는지는 하나도 보지 못했다고 대답했다. 스승이 다시 한 번 그 귀한 기름을 들고 시장 구경을 하고 돌아오라고 말했다. 제자는 이번에는 시장 구경을 열심히 하고 돌아온다. 돌아와서 보니 스푼에는 기름이 얼마 남지 않았다. 귀한 것을 다 흘려버린 것이다. 제자가 스승에게 말했다. "귀한 것을 흘리지 않으면서 시장 구경하는 것은 너무 어렵습니다." 그러자 스승이 말한다.

"그러니까 그 어려운 것을, 연습해야 하는 것이다."

귀한 것을 생각하며 잃지 않으려고 주의를 기울이는 것은 아주 중요한 일이다. 그런데 어느 날에는 그래서 시장 구경은 못하고 있는 게 아닐까 하는 생각이

든다. 나에게 귀한 것을 생각해본다. 잃어버리면 내가 사라지는 것. 가장 앞에는 역시 숨이 있다.

숨의 리듬을 지켜가려고 하다보면 어느 때엔 내가 내 움직임을 제한하는 것처럼 느껴진다. 동작을 평소보다 깊게 가려고 할 때는 귀한 숨을 놓치는 것 같은 날도 있다. 연습해도 왜 이렇게 어려운 것일까, 언제쯤이면 의연해질 수 있을까, 하고 지난 몇 달 동안 생각했는데, 선물처럼 위의 이야기를 듣게 되었다.

'어려우니까 그 어려운 것을 계속 연습해야 한다.'

귀한 것은 때로, 맺고 있는 소중한 관계일 수도 있고, 타고난 능력일 수도 있다. 숨일 수도 있고, 오늘 하루가 나에게 있다는 사실일 수도 있고, 중요하게 생각하는 가치일 수도 있다. 귀한 것을 알아보고 소중하게 여긴다. 소중하게 여기면서 만나는 풍경들을 깊게 경험하다보면 어느 날에는 그 귀한 것이 나에게 커다란 기회를 주고 더 멀리까지 나아가볼 수 있게 도와준다. 정성스럽게 대해주어서 고맙다고 인사를 하는 것처럼.

그러니까 오늘도, 귀한 것을 잘 알아보면서 바깥 경험을 즐겁게 한다. 어렵지만, 어려우니까 연습한다.

마음 더하기 연습

8.

$+$
$+$
$+$
$+$
$+$
$+$
$+$
$+$
$+$
$+$
$+$
$+$
$+$
$+$
$+$
$+$
$+$
$+$

나마스떼! 당신에게도 나에게도

형용사 '안녕하다'는 아무 탈 없이 편안하다, 몸이 건강하고 마음이 편안하다는 뜻이며 안부를 전하거나 물을 때 사용하는 말이다. 우리는 하루에 수도 없이 "안녕하세요?" 하고 묻고 "네, 안녕하세요!"라고 답한다. 안녕이라는 것이 그렇게 부드러운 말인 것도 잊고, 안녕한지 어떤지 자신의 내부를 확인해보지도 않고 안녕이라고 말한다.

요가를 시작한 후로는 하루에도 몇 번씩 "나마스떼"라고 인사한다. 인도의 인사말을 인도에서 출발한 요가를 나누는 자리에서 혹은 누군가가 나눔을 하는 자리에 수련을 하러 가서 말한다. 처음에는 그저 다들 나누는 인사이고, 그렇게 발음하라고 하니까 했다. "안녕하세요"를 주의 깊게 살피며 하지 않는 것처럼, "나마스떼"라는 인사 역시 세심하게 마음 쓰며 건네지는 않았다. 바로 앞 문장의 종결을 '않았던 것 같다.'라고 썼다가 '않았다.'로 고쳤는데, 그 이유는 그랬음이 분명하기 때문에.

당시의 나는 내가 갖고 있는 내 안의 재능을 믿지 못했다. 내가 하는 결정들이 내가 했다는 이유로 불완전하게 여겨지던 시절. 좋은 일상이라는 것은 그저, 좋은 일에 감사하며 소중히 여길 줄 아는 마음과 좋지 못한 일에 너무 크게 실망하지 않고 상황을 정돈할 수 있는 용기에 있다는 것을 그때에는 몰랐다. 나마스떼, 이야기했지만 안타깝게도 자신에게조차 나마스떼, 라고 진심으로 인사를 건네지 못했다.

나마스떼.

당신의 믿음을 존중합니다.

당신이 존경하는 스승을 향한 마음을 존중합니다.

당신 안에 있는 당신만의 재능을 존중합니다.

당신이 걸어왔던 길에서 내린 결정들이 지금의 당신을 만들었을 테니, 그 모든 것이 지금의 당신이 당신일 수 있는 이유일 테니, 나마스떼, 있는 그대로의 당신을 존중합니다.

진심을 다해,

나에게 말한다. "나마스떼."

당신에게도 말한다. "나마스떼."

마음
더
하
기
연
습

9.

+
+
+
+
+
+
+
+
+
+
+
+
+
+
+
+
+

시간이 무섭고, 시간에게 고맙다

요가 수련을 하다보면 시간이라는 것이 참 대단한 힘을 가지고 있다는 것을 알게 된다. 아주 힘이 세고, 그래서 가끔은 무섭다. 그런데 그 이유로 희망을 갖게 되기도 한다. 할 수 없을 것 같다고 생각했던 일을 가능하게 하는 것도, 할 수 있을 것 같다고 생각하고는 방심하며 성실하게 보내지 못했을 때 그것을 불가능하게 하는 것도 늘 시간이 하는 일이다.

시간은 언제나 생각지도 못한 일을 해내는데, 그 덕분에 안도하게 되는 날에도, 그 때문에 억울해지는 날에도 마음을 붙잡기란 쉬운 일이 아니다. 문득 깨달은 날에는 걸음이 느려지고 그러다가 걸어온 길을 돌아보게 된다.

너무 잊고 싶은 한 사람이 있었는데 도무지 잊히지 않아서, 울기도 자주 울었다. 친구들은 "아직도야?"라고 묻고, 미련 많은 나는 대체 언제쯤 그를 떠나보낼 수 있는 것인가 생각도 오래 했다. 몇 년이 지나도록 꿈에 나오고, 그럴 때마다 소셜 미디어를 뒤적거리면 그는 마침 그 무렵 결혼을 했거나, 아이가 생겨 아빠가 되어 있어서 '와, 나 혼자 계속 그의 대소사를 먼 곳에서 이렇게 찾아보며 남은 인생을 사는 건가' 생각하기도 했다. 그런데 이제 잘 생각이 안 난다. 이제 와 떠오르는 것은 아주 반듯하고 아름다웠던 어깨 끝선과 처음과 끝의 온도 차 정도.

한 세계가 서서히 사라지는 일을 목격했다. 그토록 선명했던 일들이 서서히 희미해지다가 이제는 기억하려고 해도 잘 기억나지 않는 순간이 왔다. 시간이 하는 일에 고마움을 표하고 싶고, 그럼에도 시간에게 서운하다, 이야기하고 싶다.

우리들은 매번 이렇게 바로 내 곁에 존재하는 풍경 말고 나머지들을 서서히 잊어가면서 살아가고 있는 거겠지. 너무 힘이 세서 겁이 나기까지 했던 기억이 이렇게 되고 나니, 다른 기억이라고 뭐가 얼마나 다를까 하는 생각이다.

시간이 하는 일을 받아들이지 못하면 겁내지 않을 일에 겁을 내거나, 겁낼 일에 겁을 내지 않는 인간으로 살게 될 것 같아서 시간과 사이좋게 동행하는 것에 마음을 쓴다. 거절하려고 해도 거절할 수 없는 것과는 잘 지내려는 노력을 하는 수밖에 없으니까.

많은 요가 스타일 중에서도 인요가 수련을 할 때 시간에 가장 많이 놀란다. 힘을 사용하며 알고 있는 익숙한 큰 노력을 한 것도 아니고, 그저 힘을 빼고 결정한 것 안에서 시간을 보내려는 작은 노력만 했을 뿐인데, 몸에 흔적이 남고 몸 어딘가가 변화하고 있음이 느껴진다.

힘을 들인 것에 대해서는 기억이 참 쉽게 난다. 애를 썼고, 기억에 남을 만한 노력을 했으니 그것이 어떤 자취를 남기는 것은 어쩌면 당연하게 느껴진다. 그런데 힘을 들이지 않은 어떤 것들도 시간과 함께 내 안에 남는다. 그렇게 조용히 몸에 무언가가 남고 있을 거라고 생각하면 기분이 이상하다. 두려운 것 같기도 하고 아닌 것 같기도 해서 결국에는 갸우뚱하며 일상을 들여다본다.

　삶에서 가장 많이 하고 있는 일은 요가 수업과, 요가 수업을 준비하는 일과, 읽는 일과 쓰는 일. 최근에는 외부 수업을 많이 하다보니 사진들을 통해 요가를 나눌 때 어떤 자세로 어떠한 표정을 짓는지 알아가고 있다. 읽고 쓸 때의 모습도 궁금해서 타임랩스를 켜놓고 시간을 보내보았는데, 처음 한 시간 정도는 평소와 달리 연출을 하게 되지만 시간이 흐르면 어쩔 수 없이 습관이 드러난다.

　사진과 영상을 보면 그동안 어려웠던 요가 동작들이 왜 힘들었는지 대부분 이해가 된다. 그렇게 상체를 앞으로 기울이며 어깨를 둥글게 말고, 턱은 들고 있으니 작업이 끝나고 나면 어깨와 뒷목이 아프고 수련을 안 하는 날에는 온몸이 아팠구나! 턱을 내리는 것이 매번 힘든 이유도 가슴을 들어 올리려고 의식적으로 노력해야 하는 이유도 전부 사진 속에 있었다. 모르지 않았지만 도망쳤던 현실이 나를 향해 전력 질주하여 품에 안겼다. 어정쩡한 포즈로 정직한 현실을 끌어안은 후로는 그 전과는 확실히 조금 달라졌다.

무심코 하고 말았던 몸의 자세들이 몸 구석구석에 흔적을 남겼다.

무심코 짓고 말았던 표정들과 마음의 자세들이 인생 구석구석에 흔적을 남겼다.

털어내어보려고 해도 잘 털어내지지 않는 것들이, 굳어버린 진득한 먼지처럼 어딘가에 기록되고 있다. 몸의 자세도, 마음의 자세도. 들여다보고 있지 않은 많은 것들은 첫사랑에 대한 기억처럼 서서히 희미해질 것이다. 인정하지 않을 수 없는 사실은, 그와의 경험은 대부분 잊혔어도 그 뒤에 이어진 사랑에서 어떤 결정을 할 때마다 도려내기 어려운 문신처럼 나를 따라다녔다는 사실이다. 그래서 실은 시간에 고마웠고, 시간이 두려웠다.

다 끌어안고는 너무 무거워 앞으로 나아갈 수 없고, 붙잡으려 해도 모든 일들이 멀어진다. 그러나 서서히 기억에서 떠나가는 것 같아도 내 안의 어딘가에는 새겨져 있을 것이다.

무엇인가를 두려워할 수 있다는 것은 좋은 일이다. 삶에서 중요한 것이 무엇인지 알고 있다는 말의 다른 표현일 수도 있으니까.

마음 터 하기 연습
10.

+
+
+
+
+
+
+
+
+
+
+
+
+
+
+
+
+
+

의미 없는 일에 대하여

지금 가장 즐겁게 하고 있는 것, 그것이 무엇이든 언젠가 나를 도와줄 것이다. 아마도 20년쯤 후, 어쩌면 30년쯤 후에 내가 생각지도 못한 곳에서.

"한국은 고산 지대야?" 묻는 외국인들을 지난 여행에서 만났다. 여간해서는 고산병이 찾아오지도 않고, 날다람쥐처럼 산을 오르는 체구 작은 동양 사람이 신기해 보였나보다. "음, 한국에는 산이 무척 많지만 이렇게까지 높은 산은 없어서 4000미터가 넘는 곳에는 나도 처음 와봐! 그래서 나도 내가 왜 이렇게 아무렇지 않은지 모르겠어!"라고 대답하고는 참 신기한 일이라고 생각했다. 다들 숨이 답답하다고 이야기하는 쿠스코에서도, 인도 북부 레로 향하는 길에서도 5000미터에 근접해서야 약간 숨이 차는 느낌이 드는 게 전부였다. 건강하기는 하지만 고산병까지 없을 일인가? 신기하네, 하며 웃었다.

가을 단풍 아래에 나란히 앉아 물고기자리 친구들

과 이야기를 하다가 케냐에서 달리기를 배우고 온 친구에게 말했더니 "어린 시절에 엄청 뛰어노는 아이였어요?" 묻는다. "맞아요. 밖에서 노는 것을 얼마나 좋아했는지 몰라요! 달리는 것도 좋아하고, 그네 타는 것도 좋아했어요!"라고 대답하니 친구가 다시 말한다. "그래서 그래요. 어린 시절에 즐겁게 뛰어놀았던 사람들은 몸 안에 산소를 보유하고 활용하는 능력이 달라요. 아마 고산병이 심하지 않았던 것은 그런 어린 시절 덕분일 것 같고요. 케냐인들의 어린 시절을 보면서 배우고 알게 되었어요." 포인트는 그것이 무언가를 위한 연습이 아니고, 즐거운 놀이여야 한다는 것이었다. 즐거웠던 기억들은 나도 모르게 내 안에 남아서 나를 강하게 만들고 있었다.

어린 시절에는 뛰어다니는 것과 공놀이를 좋아했다. 체육 시간이면 친구들은 벤치에 앉아 있는데 혼자 공을 들고 운동장으로 나갔고, 덕분에 면역이 약한 아이로 태어났지만 학창 시절에는 오히려 굉장히 건강하게 지냈다. 나중에 도움이 되리라는 기대 같은 것은 없었다.

즐겁기만 하고 당장은 성과가 보이지 않는 일들을 할 때 이상하게 그 일의 의미 없음에 대해서 자꾸만 생각한다. 나야말로 정말 한국이 낳은, 성장 강박을 갖고 있는 인간 중 하나라서 한강의 기적 같은 대단한 발전을 이룩하지 못하면 자꾸만 스스로를 채찍질하고, 그러다보면 의미 없어 보이는 일들은 점점 뒷전이 되기 쉽다. 그러나 의미 없어 보이는 일들은 정말 의미가 없을까?

요즘 태어난 아이들의 평균 수명은 140세라는 이야기를 들었다. 아마 나의 또래들도 큰 사고 없이 몸을 열심히 돌보며 살아간다면 100세 무렵까지 살게 될지 모른다. 그렇게 생각하면 30대 중반은 굉장한 꼬꼬마 시기. 90세가 되어 지금의 나이를 돌아보면 심리적으로든 물리적으로든 지금 열 살 무렵을 회상하는 것처럼 '그때는 어려서 진짜 뭘 몰랐지.' 같은 생각을 하게 될 것도 같다. 그러니 지금 이곳에서 가장 즐겁게 하는 어떤 일이 그때에 굉장한 고마움을 불러일으킬지도 모를 일.

'늦었다고 생각하면서도 악기를 시작해서 너무 다행이지 뭐야.' '의미도 없어 보이는 여행을 신나게, 전 재산 쏟아가며 하길 정말 잘했어.' '몸이 빨리 변하지 않아서 효과도 없는 줄 알았던 요가를 열심히 한 것이 얼마나 잘한 일인지.' '춤을 그만둘 뻔했었는데, 재미있으면 됐지, 무슨 의미를 찾아, 라고 이야기하며 계속 춤추는 인생을 살아서 그때의 나한테 너무 고마워.' 같은 말을 하게 될지도 모르겠다.

고산 지대에서의 경험과 친구의 해석으로 의미 없는 일의 굉장한 의미를 온몸으로 깨달은 덕분에 다짐하게 되었다.

'즐겁게 살자! 의미 없어 보이는 많은 것들이 의미를 발휘하게 될지 말지 고민은 뒷전에 두고 그저 즐겁게 살아보자!' 이렇게.

즐겁게 하는 그 일이 나를 강하게 하고, 부드럽게 만들 것이다. 우선 지금의 인생에서 가장 신나는 순간이 언제인지 나에게 묻고, 콧노래가 나오는 그 일을 최대한 자주 한다. 즐거운 순간을 못 찾겠다면, 새로운 즐거움을 탐험해보면 되고, 이미 알고 있다면 그것을 하면 된다. 요가 수련 중에도, 일상에서도. 즐거움을 조금 더 자주 만나려는 노력을 해본다. 그 작은 노력들이 나를 행복하게 하고, 이 행복들이 다시 먼 훗날의 내가 과거의 내게 고마워할 이유가 될 거라고 생각하면, 고맙고 고맙다. 계속 고맙다.

즐거운 인생, 잘 부탁해!

$+$
$+$
$+$
$+$
$+$
$+$
$+$
$+$
$+$
$+$
$+$
$+$
$+$
$+$
$+$
$+$
$+$
$+$

잊어버려서 잃어버린 것

질문은 언제나 균열을 만든다. 잔잔하던 호숫가에서 안온한 시간을 보내고 있는데 맞은편 기슭에서 마구 던지는 돌맹이처럼 난감할 때도 있고, 보기 좋게 만들어진 매끈한 음식에 푸욱 숟가락을 꽂을 때처럼 주저하게 되기도 한다.

도망치고 싶은 날들이 있다. 예전에는 이유를 만들어서 도망치고는 줄행랑이라는 것을 알면서도 그게 나은 선택이었다는 말을 하며 합리화하기도 하고, 가끔은 진심으로 그렇게 생각하기도 했다. 돌아보면 어려운 것을 마주하기 싫어서 되도록 멀리 달아난 것일 뿐 더 나은 선택은 아닌 경우가 대부분이었다.

질문을 하기 시작했다.

두려운 마음에도, 사랑의 마음에도 질문하고, 화가 나는 마음에도, 슬픈 마음이 올라오는 날에도 묻는다. 왜? 왜 두려운 거야? 뭐가 그렇게 좋은 거야? 어째서 화가 난 거야? 왜 그렇게 속상해하는 건데?

'그냥'이라는 쉬운 답을 하고 싶은 날도 있지만 그런 날에도 나는 나의 인터뷰어가 되어 끈질기게 묻는다. 계속해서 질문하지 않으면 답을 만날 수 없을 테니까 묻고 또 묻는다. 처음에는 정말 답이 없는 것 같았던 마음도 지치지 않고 쏟아지는 질문에 두 손 두 발을 들고 정직한 말들을 토로한다.

 여전히 처음 하게 되는 일들이 있다. 해보고도 두려운 일이 있지만, 많은 경우 두려운 마음이 올라오는 일은 해보지 않은 일들이다. 해보지 않은 일들을 많이 하는 시기에는 쉬어도 쉬지 못하는 기분이 든다. 머릿속은 온통 새롭게 시작할 일에 대한 생각뿐. 물론 그래서 나오는 좋은 에너지도 있을 테지만, 과잉은 대체로 에너지를 침식한다. 새로운 시도를 향한 여러 가지 노력 사이에 온전한 휴식을 놓는 일은 도무지 쉬워지지 않을 것만 같다. 아무리 준비를 해도 부족하다는 생각을 떨쳐내기가 어렵다. 막막한 마음들 사이에 가만히 앉아 나에게 질문한다. '왜 이렇게 시무룩해? 뭐가 그렇게 두려운 거야?' 답을 하다보면 결국 해보지 않은 많은 일을 계속 시도하고 있어서 생겨난 마음이라는 것을 알게 된다.

다시 한 번 좋아하는 롤랑 바르트의 말을 곱씹는다.

'시도하기 위해 희망할 필요도 없고, 계속하기 위해 성공할 필요도 없습니다.'

오늘 할 수 있는 최선이라는 이유로 한 그 결정이 옳은 선택이었는지 알게 되는 것은 내일이거나 모레이거나 1년 후 혹은 5년 후. 중요한 것을 기억하고 행동하는 것이 결국에는 제일 중요하다.

하기로 했다면 계속해볼 것.

안 해봐서 두려운 것이라면 두려운 마음을 안고 해볼 것.

두려움에서 도망치는 것보다 두려움을 안고 성실한 시간을 쌓는 편이 후회가 없다는 것을 기억할 것.

처음은 언제나 어렵지만 언제나 그다음이 나를 기다린다는 것을 알 것.

'잘해낼 자신이 없다.'고 말하거나 '아직은 할 수가 없다.'고 말하게 될 텐데, '없다'라고 말하기 전에 멈춘다.

그것이 자신감이어도, 혹은 희망이거나 사랑이어도, 아직 만나지 못했기 때문에 없다고 생각이 들 수도 있고, 잊어버려서 없다고 여기고 있을지도 모른다. 세상의 많은 없는 것들은 어쩌면 잊힌 것들일지도 몰라. 박연준 시인의 말처럼 잊어버려서 잃어버린 것들이 주변의 수많은 '없음'을 담당하는 것 같아서, "없는 게 정말 맞나?" 또 다시 묻는다.

'없다'고 말하고 나면 있게 될 날을 상상하지 못하는 것이 아쉽다. 쉽게 뱉어낸 말은 종종 마음에 얼룩을 남긴다. 없다고 말해버리기 전에 나에게 자꾸만 묻고 싶다. 잊어버려서 잃은 것이라면 답을 하다가 기억해내는 순간에 되찾게 될 수도 있으니까.

누군가가 던진 돌멩이로 인해 호수 바닥에 가라앉아 있던 귀한 것이 수면 위로 떠오를 수도 있다. 질문

은 바로 그 돌멩이다.

아름답게 보였던 그 음식은 보는 것만으로도 충분히 좋을 수도 있지만 그것을 음미하기 위해서는 형태에 균열을 만들고 한 입을 베어 물어야 할 수도 있다.

+
+
+
+
+
+
+
+
+
+
+
+
+
+
+
+

계속해서 물을 주고 있습니다

요가원의 작은 선인장이 꽃을 피우기까지 네 번의 봄이 필요했다.

이번 봄에도 꽃을 피워내지 못했다고 누군가가 선인장을 쓸모없다 여겼다면 어떻게 되었을까? 어떤 화단에 버려지거나 쓰레기 더미에 묻혀버렸다면? 봄을 지나 여름이 찾아오는 길목에서 꽃을 피우려고 힘껏 애를 쓰고 있는데 그 서너 달을 기다리지 못하고 포기했다면? 여러 가지 생각이 떠올랐다.

꽃을 피우던 그날에 우리들은 여느 날과 같이 수련을 하고 있었다. 갑자기 꽃봉오리를 만들어낸 선인장은 수련을 하던 화요일 한낮 80분 동안 예고도 없이 꽃을 피워버렸다. 내내 꽃을 피우지 않았고, 꽃봉오리가 올라온 것만으로도 모두들 기뻐했는데, 수련이 끝나고 나니 꽃이 활짝 피어 있어서 '정말 한순간이구나.' 하는 생각이 들기도, 어리둥절하기도 했다.

오래 머금었던 씨앗은 때가 되면 꽃을 피워내고 세상을 만나는데 우리들은 그 속도를 이해하지 못하고 너무 느리다고, 오지 않을 것 같다고 이야기를 한다.

자신만의 속도대로 찾아오고 있는데도 말이다.

　어떤 도전 앞에서는 때로 무릎이 꺾이곤 했다. '만트라'라는 것이 마음 조절에 도움이 된다는 것을 배운 후 "겁내지 마, 두려워할 일 아니야."라고 되뇌어보았는데, 큰 효과가 없었다. '에이, 나한테는 별로 도움이 안 되네. 그럼 그렇지, 말이 뭐라고 마음이 나아지겠어.'라고 생각했다. 하지만 한 번 더 만트라를 정하면서는 '아직 아무 일도 일어나지 않았어. 무슨 일이 일어나게 하는 것도, 일어나지 않게 하는 것도, 지금부터의 움직임이 영향을 줄 거야. 아직 아무 일도 일어나지 않았어. 아직 아무 일도 일어나지 않았어.' 그렇게 계속 속으로 말을 하니 신기하게도 괜찮아졌다. 많은 사람들 앞에서 이야기를 하게 되었을 때도, 처음 해보는 워크숍을 앞두고 허둥지둥 마음을 가누지 못할 때도 이 말은 꽤 효과가 있어서 그 문장이 나의 만트라가 되었다.

씨앗도 안 심고 아무 데나 물을 준다고 꽃이 피어나지 않는다. 어떤 꽃에는 독이 있을 수도 있으니까 분별하고 물을 주어야 한다. 시간을 들여 정성껏 물을 주고 보살피면 세상에 이로운 꽃이 피어날 수 있는데, 그것은 내가 어디에 물을 주고 있는지 우선 발밑을 보는 일에서 시작해야 한다.

지금의 나에 대한 존중과 이해는 씨앗이 되고, 씨앗을 심은 그 자리는 앞으로 어디에 물을 주면 좋을지를 가르쳐준다. 요가 동작을 빨리 해내지 못한다고 나에게 실망을 하며 이 일을 접었다면 어떻게 되었을까. 요가를 나누는 일이 해도 해도 쉽지가 않고 사람들에게 필요한 것을 잘 찾아내고 있는 건지 모르겠다고 아득해하던 그 어느 날에 멈췄다면 어떻게 되었을까. 처음 요가수트라를 읽던 그날 너무 재미없다며 책을 덮어버렸다면 어떻게 되었을까. 서둘러 찾아와주지 않았던 많은 것들이 영영 안 올 것이라 생각하며 다른 길을 택했다면 나는 그 길에서 행복했을까.

요즘도 문득 생각하며 나에게 고맙다. 내 속도를 이해해준 나에게, 어려워서 더 다양한 시도를 했던 나에게, 그때마다 내 삶에 나타나 많은 것을 알려주고 멀어져간 혹은 여전히 곁을 지키는 등장인물들에게, 인사를 한다.

마음의 말들이 주문이 되어 삶을 일으켜준다. 그 마음의 말을 어딘가에서 듣고 내 삶에 찾아온 사람들이 더 나다운 삶을 살아가도록 끌어당겨준다. 계속해서 하고 있는 말은 만트라가 되고, 내 삶이 되고, 내가 된다. 다정한 마음으로 성실하게, 배운 것을 나누고, 모든 것에서 더 배우고 싶다.

근사한 꽃이 피어날 준비를 하고 있어도 더 이상 물을 주지 않으면 시들어 죽는다. 어디에 물을 주고 있는지 눈을 크게 뜨고 지켜보아야 소망하는 꽃이 피어날 수 있으니까, 오늘도 발밑을 확인하며 계속해서 물을 준다.

마음 터하기 연습

13.

+
+
+
+
┼
+
+
+
+
+
+
+
+
+
+
+
+
+

오해를 환대할 수 있을까

희노우사비경공喜怒憂思悲驚恐, 인간이 가지고 있다고 이야기하는 칠정이다. 기쁨, 화, 근심, 생각, 슬픔, 놀람, 두려움. 기본적으로 가지고 있다고 이야기하는 일곱 개의 감정을 잘 들여다보면 재미있는 지점이 있는데, 그것은 바로 기쁨 외에는 긍정적인 감정이 없다는 사실이다. 나머지는 모두 기쁨이 아닌 것, 어쩌면 누군가에게는 자신의 부족한 측면으로, 삶의 어두운 측면으로 분류될 수도 있는 감정들이다.

우리는 살아가며 다양한 감정을 느낄 수 있고, 그 안에서 다양하게 자기 자신에 대해 배울 수 있다. 그런데 기쁨이 아닌 나머지 감정들을 긍정적인 것이 아니라며 모두 거절하고 업신여긴다면 삶이 주는 선물을 충분히 받기 어려운 것 아닐까 생각한다. 기쁨 속에도 배울 것이 있지만, 두려움 속에서도 배울 것이 있다. 화를 내면서 배우는 것이 있고, 근심 덕분에 시야에 들어오는 어떤 귀함이 있다. 분명하게, 있다.

사람들과 싸우거나 소리 내어 화내는 성격이 아닌

데, 그런 내가 살면서 자주 화를 내던 시절이 있었다. 나는 내가 그렇게 화낼 수 있는 사람인지 몰랐는데, 이야기를 하다보면 자꾸만 화가 났다. 역대급으로 짧았던 아홉 달의 연애 기간 동안 스트리트파이터처럼 싸우고, 세상이 떠나갈 듯이 울고, 화해하고, 또 화를 내면서 정말이지 뜨거운 시절을 보내고 새롭게 맞은 봄에 이별을 고했다. "너에게 화내지 않을 수 있는 사람을 만나서 꽤 괜찮은 사람인 네가 사랑받고 웃고 가득 기뻤으면 좋겠다"고, 진심을 다해 이야기했다. 예상보다도 빨리 우리는 서로가 존재하지 않던 각자의 평온한 삶으로 돌아갔다. 잃어버린 여름과 가을, 겨울이라고 생각하기도 했지만 시간이 많이 흐르고 돌아보니 그때 나 자신에 대해 정말 많이 배웠다는 것을 깨닫게 되었다.

혼자 있는 시간이 얼마나 중요한 일상의 루틴인지 마음 깊이 받아들였고, 지하철에서 통화하는 것을 얼마나 싫어하는지 알게 되었다. 자유롭게 살아가려고 세운 계획과 그것을 위해 하려는 일들을 누군가가 막으려 할 때 그에게 얼마나 못된 인간이 되는지도 보았고, 가부장적인 가치관에 얼마나 화가 나는지도 새삼 드러났다.

함께할 사람이 어떤 일을 사랑하며 일상을 살아가는지에도 영향을 받는다는 것이 놀라웠다. 이전까지 늘 직업 같은 거 상관없다고 말했었는데 그렇지가 않았다. 많은 일들 중 그 일을 하며 살기로 결정한 것은 무엇에 가치를 두고 살아갈지를 증명하니까. 번쩍이는 직업을 이야기하는 것이 아니라 삶의 우선순위와 가치의 결이 잘 맞아야 한다는 이야기이다.

또 알게 된 것은 지금까지 내가 누군가에게 좋은 사람으로 존재할 수 있었다면, 그것은 내가 좋은 사람이라서가 아니라 우리가 서로 같은 방향을 바라보며 꿈을 꾸었기 때문이라는 것도.

그렇다. 화를 내고, 왜 화가 났는지 한참 동안 생각하고, 마음을 설명하려고 애쓰는 동안 배웠다. 시간을 잃고 있다고 생각하는 동안 나에 대한 이해를 얻었다. 덕분에 팡팡 두들겨야만 바깥으로 보이는 먼지들을 보게 된 참 이상한 연애였고, 세상에 배움 없는 시간 같은 것은 존재하지 않는다는 것을 가르쳐준 고마운 연애이기도 했다.

오해를 환대할 수 있을까. 누군가가 내 마음을 오해하거나 진심을 호도할 때면 마음이 아프다. 설명하고 싶어진다. 그리고 그때, 결국 더 진심인 어떤 마음을 만나게 된다. 오해를 많이 하던 한 사람 곁에서 그게 오해라고 이야기하느라 에너지를 많이 썼다. 잘 설명하지 못하면 오해는 오히려 더 커져버려서, 오해를 풀고 싶은 마음에 설명의 방식에 대해서도 얼마나 고민을 했는지 모른다. 그러는 동안 배웠다. 생각이 가득 차고, 오해받을까봐 두렵고, 슬픈 마음이 들어오는 그 순간에도 왜 그런 마음이 올라오는지 나에게 묻다가 나를 배운다.

어떤 오해 덕분에 나의 세계를 표현할 말들이 또 한 번 확장된다. 우리는 모두 누군가를 조금씩 오해한다. 오해가 없기를 바라는 것은 필연적인 계절을, 자연스러운 변화를 거절하는 것처럼 이룰 수 없는 꿈이다. 오해에 답을 하는 동안 그가 아니라 나를 이해시키는 일, 할 수 있는 일은 그것뿐일지도 모른다.

오해를 환대한다. 나를 찾아오는 수많은 말들과 그로 인해 만난 다양한 감정들을 모두 존중한다.

덕분에 내가 나를 배운다. 이해하고 싶어서 오해하고, 오해에 대해 설명할 기회를 주는 모두에게 고맙다.

3부 × 생각을 곱하고 나누며 살아간다면

× 응 × 응 × 응 × 응 × 응 × 응 × 응 × 응 × 응 × 응 ×

좋아하는 것을 열심히 좋아하는 인생

어쩌면 그 말에 쓸쓸했던 것도 같다.

"네가 하는 일은 힘든 게 하나도 없잖아. 늘 즐겁고, 고마운 사람들이 많고, 모두들 너를 좋아해주고, 너 역시 모두를 좋아하고."

설마, 그럴 리가 없지 않은가. 그렇기만 한 인생이 대체 어디에 있을까. 누구에게나 어두운 터널의 시간이 있다. 시기도 다르고 어둠의 깊이도 다르지만 모두들 자신만의 터널을 걸으며 성장한다. 아픈 날의 마음이 있고, 다리에 힘이 풀려 결국 주저앉을 수밖에 없는 날도 있다. 한 개인이 가진 아픔의 경중은 잴 수 없고, 어느 하나만 특별하지도 않다고 생각한다. 각자의 터널이 있을 뿐이다. 자신의 슬픔이나 좋아하는 사람의 아픔을 들여다볼 때면 확대경을 들고 보게 되니까 더 커 보일 뿐, 그건 커 보이는 것이지 실제로 더 큰 것은 아닐지도 모른다. 우리 모두 위로받아 마땅하지만 그것은 어느 하나가 유독 특별하기 때문이 아니라 우리들이 모두 상처받기 쉬운 존재이기 때문이다.

좋아하는 것을 열심히 좋아하는 일은 내가 가진 능력 중 하나이다. 하루를 마치고 집으로 돌아오는 길에는 오늘 들었던 말 중에 가장 따뜻한 말을 꺼내어 펼쳐본다. 활짝 펴보았다가 두툼한 솜 점퍼처럼 몸을 감싸고 걷는다. 내내 생각한다. 나를 찾아온 고마운 표정에 대해서. 물론 갑자기 생긴 습관은 아니고, 마음이 어려웠던 시절에 연습해서 얻은 선물 같은 것이다. 그즈음에는 내 마음 같지 않은 일들을 붙잡고 왜 나에게만 이런 일이 일어나는 거냐고, 왜 나여야 하느냐고 많은 눈물을 삼키고 뱉었다. 그러다가 내가 만난 고통은 견줄 수도 없을 만큼 큰 고통을 겪는 이들을 알게 되었다. 상상할 수 없는 슬픔과 고통에 대해, 많은 이들이 무력해지고 말았던 그 봄부터 오래 생각했다. 여전히 생각한다.

아마도 그 후부터, 아직 숨이 붙어 있다면, 자리에서 일어날 수 있으니 그렇게 일어나 성큼성큼 걸어 나가자고 되뇐다. 내 슬픔과 고통은 그 출발이 나라는 이유로 나에게 아주 커다랗게 보이지만, 결국에는 지나쳐 갈 수 있다. 포기하지 않고 천천히 걷는 것만으로도 한 시절을 지나 보낼 수 있는지도 모른다. 씩씩하게 걸어 나와 상상할 수 없는 슬픔 속에 있는 이들을 끝없이 위로하고 싶다. 슬픔은 정면으로 만나야만 한다. 그러나 슬픔에 그저 빠져 있기만 해서는, 우리는 자신도 타인도 구원할 수 없다.

노력하고 있다. 같은 풍경 안에서 더 많이 좋은 일을 만나려고 노력하고, 서운했던 말 한마디보다 고마웠던 눈빛 하나를 오래 기억하려고 한다. 상처 입히는 언어보다 자신과 타인의 상처를 어루만질 수 있는 표현을 길어 올리고 싶다. 정확하게 응시하는 것과 뾰족하게 바라보는 것은 다를 테니까 부드럽게 본다. 그렇게 해야만 살아갈 수 있었던 지난날에, 어쩔 수 없어서 시작한 습관들. 즐겁게 살기 위해서 좋아하는 것에 대해 생각하고 쓰고 말한다. 친구들을 만나거나 글을 쓸 때면 그래서 별수 없이 그런 것들이 늘상 소재가 되는 것이다.

　요가 동작들은 쉽지가 않다. 몸이 느려서 처음에 아
주 많이 넘어졌고, 유연하지도 견고하지도 않았다. 지
금도 부족하지만 그래도 성장했다는 것을 안다. 처음
부터 이미 둘 중 하나를 갖고 있는 사람을 만나면 몹
시 부럽기도 하지만, 갖지 못했기에 지나온 마음의 터
널은 정말이지 그래서 지나올 수 있었으므로 사실은
아주 탐나지는 않는다. 인생에는 좋은 날과 안 좋은 날
과 덜 힘든 날과 더 힘든 날이 비빔밥처럼 뒤섞여 있
어서 그 맛이 좋다. 그중에서 무엇을 더 많이 생각하고
어루만질지를 정하는 것은 바로 나 자신. 어쩌면 우리
가 매트 위에서 시간을 보내고 매트를 말면서 떠올리
는 '그 동작은 정말 힘들었어'의 바로 그 동작을 제외
하고, 다른 모든 동작들은 할 만했을지도 모른다. 그런
데도 어렵게 느껴졌던 동작만을 더 오래 생각할 때가
있다.

수련 후 매트를 말듯 한해를 천천히 정돈하여 동그랗게 모으면서 스스로에게 이로울 만한 시간들을 더 넓은 자리에 놓아둔다. 빈자리가 많아도 괜찮다. 그럼 더 잘 보일 테니까. 슬픔이나 기쁨의 지위를 격상하거나 격하하지 않고 어느 것은 더 빛이 드는 자리에, 어느 것은 더 온도가 높은 곳에 둔다. 모든 감정들이 서로를 도울 수 있도록 적절한 곳에 좋은 간격으로 펼쳐둔다. 떠올리기만 해도 온기가 채워지는 순간들을 더 자주 꺼내어 더욱 오래 바라보는 일. 그런 일들이 좋다.

좋은 일만 있어서가 아니라 좋아하는 것을 더 좋아하는 습관이 나를 여기, 지금의 모습으로 존재하게 한다고 당신에게 말하고 싶다.

곱하고 나누기 연습 2.

×
÷
×
÷
×
÷
×
÷
×
÷
×
÷
×
÷
×
÷
×
÷
×

기다림의 즐거움

"광화문에서 한 시에 만나."라고 친구가 이야기하면, 나는 가급적 열두 시에 도착하려고 한다. 한 시간전 도착해 서점에서 느긋한 마음으로 책을 고르고, 근처 카페에 들어가 책을 읽으며 기다리거나 내내 서점에서 책을 고르기만 해도 좋다. 눈에 보이는 한 시간이 주어진 것이 몹시 기쁘다. 활자에 집중하다가 이제 한창 그 세계로 빨려 들어가는 시점에 친구가 '도착!' 같은 기분 좋은 메시지를 보내주니까. 메시지를 확인하고 발그레한 마음으로 고개를 들면 기다렸던 이가 도착해 활짝 웃어줄 테니까. 조금 늦으면 그 또한 행복하다. 집중하게 된 세계에서 조금 더 마음 놓고 헤엄칠 수 있으니까. 늦는다는 친구의 메시지를 받으면 어쩐지 반갑기도 하다.

기다리는 일이 좋다. 기다리면 반드시 오게 될 사람을 기다리는 일은 말할 필요도 없이 좋고, 작은 음식점에 가서 음식이 만들어지는 소리를 들으며 기다리는 일도 좋아한다. 정해진 어떤 날을 기다리는 일도 좋은

데, 할 수 있는 일을 하면서 차곡차곡 덧입혀지는 시간
은 그대로 참 아름답기 때문에.

긴 여행 중에는 비용을 아끼려고 공항 노숙을 하며
새벽 비행기를 기다리기도 했다. 하루를 온전히 환승
비행기 기다리는 일에만 썼던 날도 있었는데, 그마저
도 좋아서 조금은 이상하다고 생각했다. 외국에 사시
는 엄마를 배웅하러 공항에 가면서 그 이야기를 했더
니 엄마는 공항에서 멍하니 비행기 기다리는 동안이
항상 아까운 시간이라고 하시면서 "불편한 그 자리에
서 읽고 쓰는 게 좋은 네가 참 신기하다."고 말씀하셨
다. '내가 이상한 건가' 하고 갸웃거렸지만 누군가가
"그건 정말 보통이 아닌 것 같아."라고 이야기하니 왠
지 나만 그럴 수 있는 것 같아서 미소가 지어졌다. '아,
다들 그런 것은 아니구나, 그럼 그건 나의 특성인 걸
까.' 하는 생각도 들고.

매트 위에서는 종종 그럴 수가 없다. 기다리고 있는
그 아사나가 나를 향해 걸어오고 있는 모습이 보이지

않아서일지도 모르고, 반드시 나를 배반하지 않고 와줄 것이라는 확신이 없어서인지도 모른다. 기다리면서 노력해보았으나 감감무소식인 동작이 여전히 많아서 '믿음이 부족한 것일까?' 하는 생각도 든다. 시간이 필요한 일은 재촉해도 서둘러주지 않는다는 것을 알지만, 동작을 할 때면 그 사실을 자꾸만 잊어버린다. '왜 아직이지? 언제 오는 거지? 오기는 오나?' 하고 생각하게 된다.

키가 작다. 언제나 자그마한 아이였지만 그런 나에게도 혹시 이대로라면 키다리가 되는 것 아닐까? 하는 인생의 시점이 있었다. 열한 살 여름방학에 키가 7센티미터나 자랐다. 135.5센티미터에서 142.7센티미터로. 너무 파격적으로 커버려서 소수점까지 기억하고 있다. 키가 무럭무럭 자라면서 얼굴의 생김새도 조금 달라졌는데 그 모든 것이 아무런 전조 없이 일어난 일이라 조금 당황스러웠다.

우리 집에는 키를 재는 벽이 있었다. 부모님의 방에서 나와 오른쪽 벽이었는데 거기에는 굵기가 다른 여러 가지 펜으로 그어놓은 짧은 가로선들 옆에 날짜와 키 높이가 적혀 있었다. 키를 재는 일이 크게 의미 없을 정도로 매번 비슷한 가로선이 반복되다가 어느 날 훌쩍 자라났다. 선을 그으며 애타게 기다릴 때엔 소식도 없다가, 방심하고 있을 때 갑자기 기다렸던 일이 곁에 다가와 있었다. 그러나 별다른 느낌도 없고 내가 생각하는 나는 여전한 나일 뿐이었다. 변화는 소리를 내며 찾아오지 않는다. 혁명이 아닌 이상 마음이 만드는 변화도 몸이 만드는 변화도 소리 소문 없이 나를 찾아온다. 그리고 찾아온지도 모르고 한참 그렇게 살다가 문득 키를 재는 날이 오면 알게 되는 것이다. 기다렸던 일이 이미 와버린 것을 몰랐구나, 하고.

요가를 시작할 때에는 많은 사람들이 어떻게 저렇게 한 발로 의연하게 서 있을 수 있는가 하며 놀랐지만 이제는 나 역시 한 발로 서서 얼굴색 하나 변하지

않고 말을 한다. 다리를 앞뒤로 펼치는 사람들을 볼 때면 모양이 어떻게 저런 식으로 만들어지는가 하며 놀랐지만 이제는 나 또한 형태를 만들고 나서 손을 떼어하늘로 올리기도 한다. 사람이 어떻게 저렇게 뒤집혀 있는가 놀라며 머리 서기를 바라보았지만 이제는 나도 머리 서기를 하며 누군가와 눈을 맞추고, "이렇게 해보세요."라고 이야기한다. 고요하게 찾아온 변화의 순간들은 어느덧 일상이 되고 기다림이 있었다는 것은 희미해진다.

몸에 필요한 만큼의 시간을 선물한다. 나를 기다려준다. 기다림을 좋아하는 내가, 유독 나를 기다리는 일에만 서툴지 않도록.

곱하고 나누기 연습 3.

×
응
×
응
×
응
×
응
×
응
×
응
×
응
×
응
×

좋아하는 것을 나누며 사는 행복한 삶

성기게 엮인 바구니에는 아주 단단하고 커다란 것을 넣어야 한다. 작은 것, 가루가 많이 묻었거나 조각나 있는 것들을 그런 바구니로는 담아낼 수 없기 때문에.

마음을 촘촘하게 엮고 싶다. 자세히 보면 멀리서 볼 때와는 조금 다른 무늬를 갖고 있는 꽉 짜여진 바구니처럼 삶을 엮어내고 싶다. 그래서 손톱만큼 작은 조각도 담고, 부스러진 가루 같은 순간도 담고, 조금 무르거나 어쩌면 단단한 물성을 지닌 것들까지, 빛나는 것들과 빛을 잃은 것들까지 모조리 안전하게 담아내고 싶다.

작은 행복들을 작다는 이유로 서운하게 만들지 않고, 큰 행복을 크다는 이유로 불편해하지 않으며 적당한 자세로 만나고 싶다. 행복은 강도보다 빈도라는 이야기를 듣고는 고개를 끄덕이며 그 말에 감사했고, 내내 마음속에 굴러다니는 말 중 하나가 되었다. 아마도 자주 행복을 말하는 내가, 행복이라는 것에 너무 마음을 쉽게 주는 타입인가 조금은 고민하던 때에 만난 말이라 더욱 와 닿았던 것 같다.

어른들은 좋아하는 것보다 잘하는 것을 직업으로 삼아야 행복해진다고 말씀하셨다. 그래서 행복에 대해서 자신이 없었다. 대단하게 잘하는 것이 별로 없는 아이였기 때문이다. 특별히 무언가를 굉장히 못하지도 않았지만 대부분의 일들에서 고만고만한 학창 시절이었다. 특별히 못하지 않는다는 것은 가끔 위로가 되기도 했지만 특별히 못하지 않기 때문에 더 특별하지 않았다. 무언가를 아주 못하면 모두들 나서서 도와주려고 하거나 필요한 것을 가르쳐주어서 결국 그것에 대해 조금 더 알게 되는데 그럴 수도 없었던 것이다. 그렇다면 나는 행복을 모르고 사는 것인가 고민하다가 그럴 리가 없다고 생각했던 오래전 어느 날이 선명하다.

요가 수업을 하게 된 것은 요가 동작을 잘해내서가

아니었다. 잘 되지 않을 때엔 한 번 더 해보면 되니까 자꾸만 더 해보아야 했던 나는 요가와 친해졌다. 많은 분들이 요가 매트 위에서 "저는 아직 요가를 잘 못해요"라고 말씀하시지만, 요가를 잘한다는 것은 과연 무엇일까? 잘하는 것이 아니어도 즐길 수 있을까? 잘하지 않으면 즐거움을 누릴 수 없을까? 어른들이 잘하는 것을 직업으로 삼으라고 했던 것은 어쩌면 잘해야만 쉽게 인정을 받고, 그래야 어렵지 않게 만족하고 쉽게 행복해진다고 생각해서 아닐까? 그러나 무언가를 잘하는 것은 대체 무엇일까? 언제, 누가 결정하는 것일까?

요즘은 수련을 하는 동안 스스로 못나 보였던 동작을 노트에 적고 있다. 이런 건 처음 해본다. 자존감이 높지 않았던 나는 대부분의 시간 동안 나를 격려해오다, 최근 아주 다른 시도를 해보고 있는 것이다. 그런데 이것이 아주 재미있다. 가장 부족했던 것을 바라보는 내 마음에 설렘과 즐거움이 가득하다. 그렇게 써 내려간 동작을 생각이 날 때마다 별다른 준비 없이 가볍게 한 번씩 해보자는 것이 최근의 다짐이다.

부족한 점을 찾고, 받아들이고, 적절한 강도의 노력을, 즐거운 만큼만 하고 싶다는 바람을 갖고 있다. 잘 해내지 않아도 괜찮지 않은가. 잘하지 않아도 괜찮지 않은가. 그런 마음이 삶이라는 바구니의 구멍을 메꾸어준다. 작은 조각들까지 잘 담아낼 수 있는 삶이라는 바구니를 엮고 있다.

같은 하늘 아래, 거기가 거기인 것 같은 가까운 땅에서 태어난 감도 여무는 시기는 늘 제각각이다. 단단한 대봉시 두 개를 들고서 같은 날 세상으로 나왔으니 동시에 달콤하게 익어달라고 감에게 부탁한다 해도 감은 의연하게 자신의 속도를 지킬 것이다.

우리들의 행복은 완전히 같은 곳에서 출발할 수도 없고, 아주 똑같은 질량을 가질 리도 없다. 세상은 그렇게 단순하게 만들어지지 않았다. 어떤 즐거움은 성취에서 오고 어떤 즐거움은 별일 없는 일상이나 어딘가로 향하는 길에서 온다. 도착지에서만 행복을 만나는 것은 어쩐지 억울하니까 조금 더 잦은 빈도로 즐겁게 지낸다. 복잡한 기쁨들을 더 많이 알아보면서.

좋아하는 것을 좋아하는 동안 즐거운 사람으로, 좋아하는 것을 나누는 동안 행복한 사람으로 살기로 했다. 내가 만든 '잘한다'의 정의는 좋아하는 것을 즐겁게 하는 것이다. 숨을 잘 쉬며 머무르고 작은 실패들을 기분 좋게 만나는 것 또한 '잘한다'에 속할 수 있다. 나는 요가를 참 잘하는 사람, 그래서 정말 즐겁고 행복한 사람이다.

곱하고 나누기 연습 4.

× 응 × 응 × 응 × 응 × 응 × 응 × 응 × 응 × 응 ×

작은 실패들과 함께 걷기

그 무렵의 나에게 돌아가 말해주고 싶다.

"조금 더 실패해봐. 넘어져도 삶은 끝나지 않을 테니까, 그리고 끝나지 않았다면 다시 일어설 수 있으니까 실수해도 괜찮아."

10년 전으로 돌아가고 싶은 마음 같은 것은 아무리 뒤져도 없지만 잠깐 돌아가 한마디쯤은 건네고 싶다. 그때의 나에게 가장 필요했던 그 말을.

대학생 때 가장 친했던 친구 하마와 종로의 작은 술집에서 소주를 마시면서, 인생에서 넘어진 것 같은데 이제 어떻게 살아야 하는가를 밤의 끝에 앉아 이야기했다. 처음 넘어졌을 때는 너무 아프고 무서워서 누구에게든 털어놓을 수밖에 없었고, 하마는 글을 읽어준 단 한 사람이었다. 재능도 없는데 글은 대체 왜 쓰고 싶은 걸까 아무리 생각해도 답은 멀고 나조차 더 이상 내가 쓸 이야기가 궁금하지 않았다. 그러나 내가 쓴 이야기를 궁금해해준 하마가 있었다. 절망하는 내 옆에서 괜한 희망을 이야기하지 않고 같이 있어준 사람.

그렇게 뜨거운 노력을 해보고, 서툴지만 친구와 같이 실패에 발도 굴러보았으니 끝이 난 줄 알았다. 인생은 길고 긴데 어째서 끝이라고 생각했던 것일까. 아직 실패를 덜해서 하나의 실패에도 주저앉아 울 수 있었던 그 시절. 그 설익은 절망은 먼 곳을 볼 수 없도록 내 눈앞에서 몸집을 부풀리고 있었다. 그때는 앞으로의 삶에 셀 수 없이 많은 실패가 나를 기다리고 있을 줄은 몰랐다.

작은 실패를 무심하게 쌓을 수 있는 사람은 아주 단단한 사람이다. 커다란 숲을 볼 수 있는 사람은 비바람으로 인해 나뭇가지 하나가 부러졌다고 해서 숲이 사라질 거라는 생각은 하지 않는다. 나무 하나하나가 모여 숲이 되었지만, 나무 하나가 숲의 전부는 아님을 알고 있어야 한다. 드라마를 보는데 주인공이 사랑하는 사람에게 이런 이야기를 했다.

"난 말이죠, 당신이 실수할 수 있게 돕고 싶어요. 나는 이미 있는 정답만 잘 찾는 사람이지만 당신은 새로운 답을 찾다가 실수할 수 있는 사람이니까. 그게 꼭 필요할지도 모르니까."

그 순간 나도 그 주인공을 사랑하게 되어버렸다. 저렇게 근사한 말을 하는 사람을 어떻게 사랑하지 않을 수 있을까.

요가 수업에서 만나는 두 분이 요즘 한창 머리 서기 연습을 하고 계신데, 한 분은 아직 어깨에 공간 만드는 일이 서툴고 몸 뒷면 힘 채우는 일이 더 필요해서 매일 앞구르기 중이시고, 한 분은 모든 준비가 끝나고 두 발을 바닥에서 사뿐히 뗀 채 들고 계시지만 2주째 더 뻗어 올리지는 않고 거기에 머물러 계신다. 두 분에게서 내 속의 나무 한 그루씩을 만나 자꾸만 말을 걸고 싶어진다.

매트 위에서 넘어져도 인생에는 별일이 일어나지 않는다는 것을 알게 된 순간부터 나는 요가를 사랑하게 되었다. 그거 좀 넘어진다고 내가 부족한 사람인 것도 아니고, 그거 좀 잘해낸다고 내가 대단한 사람인 것도 아니라는 것을 깨닫게 되면서 실컷 넘어질 수 있는 매트 위가 좋아진 것이다. 그렇게 실패를 반복해도 인생은 여전하고 나는 계속 나라는 것이 안심이 되었다.

함께 요가를 사랑하고 싶어서 말해버렸다. "작은 실패들을 같이 해보자."고. 넘어질 때 옆에 있어줄 사람이 여기에 있으니까. 넘어지면 함께 몸을 낮추고 에이참, 넘어져버렸네! 무안하지 않게 함께 웃어 넘겨줄 사람이 여기에 있으니까. 내가 제일 듣고 싶었던 그 말을, 과거의 나에게 돌아가서 할 수는 없으니까 내가 지나온 길을 걷는 사람에게 하고 만 것이다. 말하고, 다함께 웃었다.

"그러네요, 이게 뭐 별거라고. 한번 해보면 되는걸. 넘어져도 별일 없으니 넘어져보고, 그러다가 또 안 넘어져보겠다고 버둥거려보고, 그러다가 언젠가는 되겠죠?" 이야기하셔서 함께 끄덕인다.

내가 한 그 말을 다시 내가 듣는다. 듣고 싶었던 말들을 누군가에게 하고 나니 그 말이 나에게 돌아왔다. 그리고 이번에는 그 말이 삶에 닿는다. 그거 좀 넘어진다고 인생이 끝나지 않고, 좀 잘하게 된다고 갑자기 인생이 고속도로를 타지도 않는다. 작은 나무 하나하나를 살펴야 숲이 울창해지지만 작은 나무 하나가 전부는 아니니까.

곱하고 나누기 연습 5.

× 응 × 응 × 응 × 응 × 응 × 응 × 응 × 응 × 응 ×

장래희망의 무늬

흉내 내기 어려운 것 중에 단연 최고는 어떤 사람의 '결'일 것이다. 그 사람이 삶의 순간순간을 지나오는 동안 가졌던 마음들은 켜켜이 쌓여 만들어진 퇴적암처럼 그의 내부에 차곡차곡 쌓여 있다. 무늬로 새겨진 표정들, 중간중간 깊게 패어버린 홈과 같은 수많은 결정들은 숨기려 해도 얼굴에 드러나고, 아닌 척 시치미를 떼도 몸짓에서 나오고 만다. 그런 것을 보면 정말 숨길 수 있는 건 아무것도 없는 것 같다는 생각을 하게 된다. 시간이 오래 쌓여서 수면 밖으로 올라온 것일수록 안에 여러 겹으로 중첩되어 있기 때문에 굉장히 견고하고 쉽게 부서지지 않을 것처럼 보인다.

할머니 선생님이나 할아버지 선생님이 건네는 말은 그래서인지 하나의 언어에 한 사람의 삶이 담겨 있는 것 같다. 네팔에서 만난 할머니 요가 선생님께서는 아주 단호한 어조로 말씀하셨다. 명료하게 생각하고, 단순하게 결정한 다음, 결정했으면 거기에 계속 있으라고. 자기가 결정해놓고 도망쳐 나오지 말라고 하셨다.

너무 엄격한 말투라서 수업에 온 사람들은 모두 다 정신을 똑바로 차리고 결정해야 했다. 덕분에 수업 시간은 아주 고요했고, 모두 자신의 직관이 하는 일을 마음을 다잡고 충분히 만날 수 있었다. 수업이 끝나고 나오는 길에 선생님의 인생이 아마 그랬을 것 같다는 생각을 했는데, 선생님의 표정과 몸짓이, 입고 계시던 세탁이 잘된 하얗고 단정한 옷이, 그 모든 것을 그대로 드러내고 있었기 때문이다. 그래서 그 말들은 그렇게까지 힘이 있었던 것이리라. 나는 어떤 할머니가 되려나 생각하다가 별일 없다면 잘 웃는 할머니가 되겠지 하며 웃었다.

페루에서 만났던 할아버지 요가 선생님은 나로서는 전혀 알아들을 수 없는 언어, 에스파뇰로 내내 수업을 진행하셨는데, 정말 신기하게도 수련하는 동안 모두 다 이해가 되는 느낌이었다. 선생님께서는 아주 다정하고 뜨거운 눈빛으로 모두를 살펴주셨는데, 그래서인지 모르는 동작인데도 왠지 이렇게 해보면 될 것 같다고 생각하기도 하고, 곁눈질을 멈추고 깊은숨을 쉬며 눈을 감아볼 수도 있었다. 요가원을 떠나기 전 인사를 나눌 때 나를 품에 꼬옥 안아주셨는데, 아마도 이 선생님은 내내 많은 사람들을 안아주면서 다정하게 살아온 것 같았다.

너무 열심히 달리기만 한 시절도, 너무 오래 쉬기만 한 시절도 어느 순간이 되면 몸의 신호나 마음의 신호로 결국에는 나를 덮쳐온다. 쉼 없이 온 힘을 다해 달리면 더 높은 곳에, 혹은 더 멀리까지 쉽게 갈 수 있을 것 같지만, 얼마 지나지 않아 더 빨리 기운이 빠져 주저앉게 되어버린다. 20대 내내 쉬지 않고 달리면서 온 몸과 마음으로 그것을 깨달았고, 결국에는 늦은 밤 혼자 부엌 바닥에 주저앉아서는 펑펑 울면서 휴식 없는 삶에 마침표를 찍었다. 끝을 냈지만 퇴적된 것은 어쩔 수 없어서 습관처럼 열심히 산다. 채워야 하는 것들을 생각하지 않으려 하면서도 자꾸만 채울 것들의 목록을 만든다.

다른 퇴적층을 쌓기 위해 빈칸의 시간을 계획한다. 역시 더하기가 쉬운 사람이라서 계획을 세우지 않는 것보다는 아무것도 하지 않는 날을 계획하는 일이 더 쉽다.

지나온 날들을 뒤집어 비워낼 수는 없지만, 지금 쌓는 한겹의 몸과 마음층을 살피는 일은 할 수 있다. 오늘은 어떤 습관의 첫날이 될지도 모르고, 언젠가 오늘을 생각하며 나에게 고마운 마음을 갖게 될지도 모른다.

부드럽게 웃고, 다정한 눈빛을 보내고, 깊은 포옹을 할 수 있는, 명료한 생각에서 나온 단순한 말들을 따뜻하게 건네는, 정직하게 움직이는 것에 두려움이 없는, 요가를 나누는 사랑스러운 할머니가 되고 싶다.

언제나 이야기할 준비가 되어 있는 사람보다는 늘 들을 준비가 되어 있는 사람이었으면. 그것이 나의 장래희망이다.

하루아침에는 이룰 수 없는, 오랜 시간의 퇴적으로 만들어낼 희망사항의 무늬이다.

곱하고 나누기 연습 6.

× 응 × 응 × 응 × 응 × 응 × 응 × 응 × 응 × 응 ×

내 작은 조각을 바라보는 나의 시선

"운다고 해결되는 일은 아무것도 없어, 그러니까 그만 울어."

엄마는 자주 그렇게 말했다. 어린 나는 아주 울보였기 때문에. 나는 울기도 잘 울고 목소리도 크게 잘 못 내고 남들이 박수칠 때 딱딱 맞춰 치지 못해 뒤늦게 혼자 박수를 치는 어리숙한 아이였다. 아마도 엄마는 걱정이 되었을 것이다. 앞으로 갈 길이 먼데 자신이 낳은 아이가 목소리에 힘을 담아 말하고 튼튼한 마음으로 스스로를 잘 챙기며 살 수 있을까 싶고. 그러니 그 말은 그대로 엄마에게는 사랑이었을 것이라고 생각한다.

눈물이 날 것 같으면 학교 화장실로 숨거나 어두컴컴한 영화관에 가곤 했다. 혼자 살기 시작한 다음부터는 아이스크림 한 통을 사서 집으로 들어가 아이스크림을 퍼먹으며 울었다. 우는 자리에 누군가가 함께 있었던 날은 별로 많지 않다. 엉엉 소리 내어 울 때에는 더더욱. 사람들에게 보여서는 안 되는 모습이라고 생각했던 것 같다. 울면서도 속으로는 늘 '울지 마, 운다고 달라지는 일은 없어.' 엄마의 목소리로 나에게 이야기했다.

어떤 눈빛에 울기도 하고, 하지 못한 말 때문에 울기도 하고, 부당함이나 슬픔에 울기도 하고, 별다른 이유가 없는데 그냥 펑하고 터지며 울기도 한 시절이 있었다. 운다고 해결이 되지 않아도 나는 그냥 잠시 울기로 했다. 그때는 더 이상은 참을 수가 없어서, 더 참다가는 내가 좀 이상해질 것 같아서 참지 못하고 많이 울었다. 우는 내 곁에서 내가, '울어도 괜찮아. 더 많이 울어버려도 괜찮아. 우는 것쯤으로 더 나빠질 일도 없으니까 실컷 울기라도 해.' 이야기해주었다.

명상 선생님께서 만 3세 이전에 들었던 어떤 말들이 각인되는 것에 대해 말씀하셨다. 그때는 밥을 주는 사람이 곧 아이의 '생명줄'이고 아이도 그것을 무의식중에 안다고 한다. 그에게 미움을 받으면 죽을 수도 있는 여린 존재이기 때문에 그때 받은 칭찬의 말과 무엇을 하지 말라는 말은 아주 깊숙한 곳에 새겨진다고. 내 모습 중에 나에게 계속해서 미움을 받는 어떤 조각이 있다면 그 조각의 뿌리가 거기에 있을지도 모른다는 것.

그리고 그 말보다 좋았던 것은, 그런 마음을 해결하는 방법이 뿌리에 대해 이해하며 스스로 그 모습을 충분히 사랑해주면 된다는 설명이었다. 세 살로 돌아가서 뿌리를 뽑을 수는 없으니까 지금 듬뿍 사랑을 건네는 것이 회복의 열쇠다.

이 집에서는 별일 아닌 어떤 일이 어느 집에서는 큰일이기도 하다. 꼭 해야 하는 일과 하지 말아야 할 일들을 유년기에 습득하지만 그중 일부는 집집마다 다르다. 어떤 집에서 태어났다면 환영받을 기질들이 어떤 집에서는 외면받는다. 부모도 취향이 있는 사람들이고, 완벽하지 않은 인간이니 어쩔 수 없다.

그렇다면 나에게 사랑받지 못하는 그 조각 하나는 정말 부족한 조각일까? 아니면 그 조각을 바라보는 내 시선이 그것을 부족한 것으로 만든 것일까?

그렇게 하지 않으면 살 수 없어서, 내가 나를 끌어 안아주었던 그날부터 치유가 일어났다는 것을 뒤늦게 알게 되었다. 그것은 삶이 나에게 준 기회였고 선물이 었다.

내리쬐는 햇살이 단순하게 지면에 닿는 모습도 아름답고, 두터운 구름을 통과하느라 어둠이 된 모습도 참 아름답다. 환한 부분도 어두운 부분도 다 햇살의 모습이라 모두 환하게 빛난다.

나도 그렇다.

곱하고 나누기 연습 7.

×
응
×
응
×
응
×
응
×
응
×
응
×
응
×
응
×
응
×

계속하는 일이 곧 삶이니까

시작보다 어려운 것은 역시 계속하는 것이다. 훌륭하다고 여겨지는 가치를 행동으로 옮기는 일, 그것이 진짜이고, 더욱 진짜는 그것을 계속하는 것이다.

그래서 멋있다고 생각하는 사람은 언제나 무언가를 계속하는 사람이다. 계속해서 쓰는 사람과 계속 공부하는 사람, 계속 요가 수련을 하고 계속 나누는 일에 노력을 기울이는 사람, 계속 동물권에 대해 이야기하는 사람과 계속 채식을 실천하는 사람, 계속 페미니즘을 말하는 사람, 보호받아야 마땅하지만 보호받지 못하고 있는 많은 것에 대해 계속 힘을 기울이는 사람. 상황이 달라진다고 해도 신념을 잊거나 잃지 않고 계속해서 하는 사람들만이 발견하고 도달할 수 있는 세계가 있다. 쉬운 상황에 잠깐 실천하는 일과 시작만 해보는 일은 생각보다 어렵지 않다. 그러나 계속해야만 그것이 인생에 녹아 쉽게 사라지지 않는 진한 향기가 된다.

2012년부터 채식을 시작했고, 그동안 이런저런 방

법을 동원해 채식을 삶에 들여놓았다. 비건으로 보낸 시기도 있었고, 페스코 채식을 하다가 달걀과 치즈를 먹는 락토오보 채식을 하기도 했다. 비건 지향이었지만 밖에서 식사를 해야 할 때는 비건으로 살기 어려워서 집에서와 밖에서의 채식을 분리해 계속하는 방법을 모색하기도 했다. 늘 어느 정도의 부채감을 갖고 채식을 하다가 채식을 단계로 분류하지 말고 종류로 분류해보자는 말이 큰 위안이 되어서 할 수 있는 한 최선을 다하는 비건 지향인이 되기로 결심했다.

한국이 가장 힘든 장소일 것이라고 막연히 생각했는데, 남미에 도착하니 반전이 기다리고 있었다. 남미 중에서도 특히 볼리비아는 바다에 면해 있지도 않고 땅이 비옥하지도 않은 나라다. 물도 그리 깨끗하지 않아서 레스토랑에서 먹는 식사와 호스텔에서 먹는 식사 모두가 힘들었고, 채소 요리는 고기 요리의 세 배 이상의 값을 지불해야 했다. 과일 종류가 다양하지도 않아서 매일 퍽퍽한 빵만 먹었다.

새벽부터 출발해 승합차를 타고 다 함께 이동해 트레킹을 할 때에는 식사를 따로 주문할 수가 없는데, 그럴 때면 고기 반찬뿐이라 밥만 먹거나 곁들여진 약간의 채소와 콩만 먹어야 하는 날도 있었다. 일정을 마치고 숙소로 돌아와서 아무리 빵을 쌓아놓고 먹어도 해결되지 않는 결핍이 느껴졌다. 어느 날에는 '그냥 딱 한 번만 저 반찬들을 먹어볼까?' 하는 생각을 하기도 했지만, 이내 생각을 바꾸었다. 상황이 변해도 중요한 가치를 잃지 않고 살아가고 싶은 마음 탓에. 그렇게 시간을 보낸 다음 나에게 찾아올, 조금 더 마음에 드는 내 모습을 다름 아닌 내가 만나보고 싶었기 때문이었다. 한국에서처럼, 어려운 일이 있어도 이리저리 절충하면서 지내보기로 했다.

동물을 먹지 않고도 나는 건강하게 살아 있다. 그럴 수 있다는 것을 지난 몇 년 동안 확실하게 알아버렸다. 나만의 규칙을 긴 고민 끝에 만들어서 지키고 있는데, 그것이 타인의 것과 꼭 같을 필요는 없다. 내 삶의 패

턴을 가장 잘 이해하는 내가, 최대한 생명에 적은 해를 끼치기 위해 세운 규칙들은 어쩌면 누군가의 동의를 받지 못할지도 모르지만 내가 동의하고 지켜나가면 된다.

고민을 멈추지 않고 새로운 모색을 하되 내가 한 결정을 과한 자기 검열 안에 두지 말 것. 시야를 넓히되 최선이었던 지난 결정을 스스로 몰아세우지 말 것. 부지런히 배우고 받아들이며 서두름 없이 조율할 것. 내가 세운 삶의 규칙을 향한 원칙이다.

마음이 만들어내는 이런저런 이야기들은 때로 중요한 것을 가려버린다. 마음과 적당한 거리를 유지하면서, 아힘사를 기억하며 말하고 행동하겠다고 결심한다. 아힘사는 살아 있는 모든 것에 해를 끼치지 않는 것을 이야기하는데, 그것은 자신에게도 타인에게도 해당된다. 타인이 무너져 내릴 만한 말을 하지 않으며 살고 싶다. 뜻이 같지 않은 날에도 분명 더 좋은 언어가 우리 안에 있을 것이라고 생각하며 한 번 더 배려를 기억하고 싶다. 행하는 데 어려운 순간이 찾아와도 반드시 기억하는 것이 진짜일 테니까. 나는 진짜 요가를 하고 싶으니까. 세상에는 쉬워서 하는 일도 있겠지만 쉽지 않은 일에도 최선을 다할 필요가 있다.

변화의 시간을 온몸으로 받아들이며 그 자리를 지키는 산처럼, 바다처럼. 중요한 가치를 머무르는 곳의 중심에 두고 다가오는 모든 것을 만난다. 계속한다. 계속하는 것은 그대로 삶이 된다.

곱하고 나누기 연습 8.

×
÷
×
÷
×
÷
×
÷
×
÷
×
÷
×
÷
×
÷
×

결정의 기회비용

"제가 결정했으니까 그렇게 해보는 거죠."

그가 말했다. 그는 내가 리드하는 점심 요가 수업에 오는 사람 중 한 명인데, 큰일이 없으면 언제나 화요일과 목요일 오전 11시 39분에, 혹은 11시 42분에 도착한다. 우리는 꽤 긴 시간을 요가 스튜디오에서 만났고, 아마 별일이 없다면 그는 내일도 같은 걸음으로 도착해 요가 매트 위에 설 것이다.

바쁜 일이 없어서 루틴을 지키는 건 아닐 거라고 생각한다. 세상에 점심 요가 수업에 가지 못할 이유는 너무나 무궁무진할 테니까. 수련을 마치기 전에 5분쯤 서둘러 나가 조금 긴 샤워를 하거나 간단한 점심 식사를 하고 싶을 수도 있다. 그러나 그는 언제나 비슷한 단정함으로 갈아입을 옷이 든 에코백 하나를 손에 가볍게 들고 늘 걷는 길을 걸어와 요가를 하고, 느긋한 사바사나까지 마친 후 다시 옷을 갈아입고는 회사로 돌아간다. 같은 단정함이라고 해도 그것을 반복하는 동안 아주 많이 달라졌다. 어깨의 가동 범위가 늘어났고, 시도한 다음 실패했으며, 실패에도 불구하고 다시 도전했다. 어떤 동작은 성공했고 어떤 동작은 여전히 고전 중이지만 그 무엇도 100퍼센트의 실패도 성공도 아니다.

된장찌개를 먹기로 했다. 눈이 가는 메뉴가 많다. 판 모밀도 한 그릇 먹고 싶고, 김치말이 국수나 바지락이 랑 달걀을 뺀 채식 순두부찌개도 좋아한다. 분명 이미 주문을 했는데도 '국수 먹을 걸 그랬나?' 하는 생각이 들 때면, 다 먹을 수도 없는데 더 주문하고만 싶다. 인 생의 어떤 시점에 나는 그럴 때면 하나 더 주문하고 다 먹는 사람이었다. 먹고 싶은 것도 맛있는 것도 너무 많은데 왜 사람은 1인분만으로 배가 부른 것일까 의아 해하면서 한 끼에 2, 3인분을 먹었다. 그러나 오래 지 나지 않아 만성 배탈이 되었고, 내 몸이 허용하는 만큼 만 먹어야 잘 살 수 있다는 것을 배웠다. 오늘 먹고 싶 었으나 선택되지 못한 것은 내일 먹으면 된다. 나는 내 일도 결정해야 할 테니까. 먹고 싶었다는 것을 내가 기억하기만 하면 문제가 없다. 된장찌개를 먹으면서 김치말이 국수까지 주문하는 일은 이제 하지 않기로 한다.

무엇보다 잘 살기 위해서 해야 하는 적절한 질량의 결정들이 있다. 한 끼에 메뉴 세 개를 다 먹으면 배탈이 나는 것처럼 삶을 위한 결정들도 과잉이 되어서는 무탈하기가 어렵다. 그래서 기회비용이라는 것이 생겨난다.

내가 한 결정을 내가 가장 먼저 존중한다. 이상하게 타인이 한 결정을 들여다볼 때면 '그럴 만하니까 그렇게 결정했겠지.' 하고 부드럽게 생각하면서 나에 대해서는 '그게 최선의 결정이었을까?' 의구심을 품는다. 그러지 말자, 나여. 그럴 만했으니까 그런 결정을 했겠지. 하지 않은 결정을 내려놓지 못하고 하나 더 추가하려는 마음은 비우고 내가 해버린 결정과 사이좋게 지내보자. 무엇 하나라도 다른 결정을 했다면 지금과 꼭 같은 나는 없을 테니까.

결정한 다음 돌아보지 않는 것이 좋다.

했으면 좋았을 결정을 하나하나 헤아리며 시간을 소비하지 않는다.

가질 수도 있었으나 갖지 못하게 되어버린 어떤 것이 내 것이 되었을 확률을 계산해보지도 말자.

내가 한 결정은 내가 정했으니 나에게는 그것이 가장 훌륭한 결정이다. 결정하는 순간부터 삶은 어떤 방향으로든 움직이기 시작한다.

결정 다음의 마음을 결정하는 것도 나,

결정 다음의 행동을 결정하는 것도 나.

곱하고 나누기 연습 9.

× 응 × 응 × 응 × 응 × 응 × 응 × 응 × 응 × 응 × 응 ×

적당한 자리를 찾는다

어느 카페에 들어가서 커피 한 잔을 주문하고 모양새가 좋은 테이블과 의자를 찾아서 앉았을 때, 엉덩이에 맞추기라도 한 것처럼 의자가 착 맞아떨어질 때가 있다. 그런 순간을 만나면 단번에 그 장소와 사랑에 빠진다. 그날 해야 할 일이 아무리 많아도 그 의자에 앉아서라면 뭐든 다 할 수 있을 것만 같고, 실제로 집중하기까지 걸리는 준비 시간은 단숨에 줄어든다. 금세 시작하여 온통 집중하면 내가 아는 나보다 해낼 수 있는 일이 더 많은 사람이 된다. 오늘 할 수 있을 거라고 생각했던 것보다 책도 더 많이 읽고, 글도 더 많이 쓰고, 수업 준비도 더 두둑하게 해놓아서 한껏 명랑한 마음으로 다시 거리에 나설 수 있다.

네모 모양의 마음이 네모의 자리에 있으면 각이 져 있는 부분도 쓸모가 있고, 평평한 부분도 지루하지 않다. 동그란 모양의 마음도 역시 동그라미의 자리에 있으면 둥근 부분을 손질하지 않아도 된다. 딱 맞는 의자같이 빈틈없이 탁 맞춰진 자리는 참 아름답고 적당하다. 그렇다, 적당하다. 적당한 것이 가진 은근한 아름다움은 가끔 압도적인 아름다움보다 인상적이다.

왜 그랬을까 싶지만 어릴 때는 친구들과 모여 앉아서 나중에 어떤 애인을 사귀고 싶은지 같은 것을 끝도 없이 이야기했다. 어느 날엔 친구가 머리카락이 긴 사람과 쇼트커트를 한 사람 중에 어떤 사람이 좋은지 물어서 꽤나 오래 생각한 다음 신중하게 말했다.

"자신에게 어울리는 헤어스타일을 한 사람이면 좋을 것 같은데. 그냥 적절해 보이는 사람?"

요가 매트 위에서 숨을 쉴 때, 들숨과 날숨은 언제나 공평하게 드나든다. 들숨만으로도 날숨만으로도, 하나만으로는 살아갈 수가 없다. 무언가가 들어오고, 또 무엇인가가 나간다. 그런 숨을 바라보고 있을 때면 그게 꼭 사는 일 같다. 나를 찾아오는 일들이 있고, 나를 떠나가는 인연이 있다. 어느 날에는 선명하게 선을 그으면서, 또 어느 때에는 영화의 페이드아웃처럼 희미하게. 숨이 들어올 때에는 척추를 일으키면서 몸 안에 공간을 만들고, 숨이 나갈 때에는 열심히 모은 귀한 힘까지 모두 빠져나가지 않도록 이미 채워진 중요한 힘의 보유를 기억한다. 중력과 반대로 높아지는 일은 숨이 나를 찾아올 때 숨의 도움을 받아 나아가고, 중력으로 다가가는 일은 숨이 나를 떠나갈 때 또 숨의 도움을 받아서 함께 내려간다. 먼 곳으로 가는 일은 숨이 나를 떠나며 더 가벼워지는 그 순간에 해본다. 몸도 마음도 숨이 비워지는 순간에는 더 가벼워지고, 그럴 때면 확실히 멀리 나아가기에 그 순간이 조금은 더 적절한 것 같은 기분이 든다.

청개구리 소리를 들으며 어린 시절을 보내서 그런지 숨을 모두 배운 것과 반대로 해본 적이 있다. 수리야나마스카라를 모두 반대 호흡으로 해보고 나니 더 적절한 것이 있으며 그게 자연스럽다는 것을 알게 되었다.

'호흡을 맞추다'라는 말은 상대를 잘 살피면서 조화를 이룬다는 뜻이다. 이 문장에 '호흡'이라는 단어가 있는 이유는 아마 들어오는 에너지에 더 적절한 행동과 에너지가 나가는 순간에 더욱 적당한 말이 있기 때문이 아닐까.

엉덩이에 딱 맞는 의자처럼 가장 적당한 자리에서는 무엇도 더하거나 덜할 필요가 없다. 잘 안 맞는 느낌이 들 때에는 벌떡 일어나 자리를 옮기고 다른 의자에 앉아도 좋다.

곱하고 나누기 연습 10.

×
응
×
응
×
응
×
응
×
응
×
응
×
응
×
응
×
응
×

만족하고 있나요?

이곳의 겨울이 어느 곳의 여름인 것처럼, 하나의 사
실 너머로 돌아가 뒷면을 살펴보다보면 그 온기가 달
라진다. 시선이 달라지면 같은 풍경이어도 완전히 다
른 것을 보게 되기도 한다. 정직하게 생각하면 그것은
결국 하나인데, 다른 관점이 같은 것을 다르게 보도록
만든다. 그래서 어느 날에는 풍경 앞에서 주저앉고, 또
어느 날에는 같은 자리에서 위로를 받는다.

나를 인정하는 일과 나에게 만족하는 일이 같은 일
인 줄 알았는데, 완전히 같은 일은 아니었다. 이런저런
모습의 나를 인정해도 때로는 만족스럽지 않아서 스
스로에게 서운했다. 요가에는 산토샤라는 것이 있는
데, 이는 자신의 몸과 마음을 수련하는 지침인 니야마
의 규칙 중 하나이다. 필요한 것 이상을 원하지 않고,
가진 것에 만족하는 것을 의미한다. 그건 정말이지 쉬
운 일이 아니라서 요가의 규칙이 되었을 것이다. 세상
에는 멋지고 아름다운 장소와 사람이 너무나 많고, 욕
심이 많은 나는 자꾸만 많은 것을 경험하고 싶다. 과거

에는 물건에 대해서도 그러했지만, 요가 수련을 꾸준히 하면서 물건에 대한 생각은 많이 바뀌었다. 대부분의 물건에 대해서는 산토샤를 잘 지키며 살고 있지만, 어떤 경험치나 물성을 띠지 않은 능력에 대한 것들은 여전히 마음 조절이 어렵다.

스무 살의 나는 '이팔청춘에 왜 그렇게 울상으로 안 되는 것들만 붙잡고 사느냐'는 말을 사촌오빠에게 들었다. 그렇게 골방에서 공부만 하다가 청춘이 지나가 버린다고, 조금 더 밝게, 스무 살답게 지내보라고 오빠는 이야기했다. 듣고 나서 생각했다. 그러게, 대체 왜 이렇게 팔팔한 나이의 봄날에 한겨울 같은 표정으로 되지도 않는 요가 동작을 연습하고, 늘지 않는 글을 쓰겠다고 버티고, 엉망인 마음으로 밤이면 울먹거리는 것일까. 이것은 인생을 낭비하는 것일까? 나중에 후회하게 되려나? 고민하면서도 그렇게밖에 살 수가 없어서 그냥 그렇게 살아버렸다. 그렇게밖에 살 수 없으니 그렇게 살면서 즐거울 수도 있었을 텐데 자주 그런 나를 미워하면서 지냈다. 그러나 과거에 부족하다고 여겼던 지점이 지금의 나에게는 가장 마음에 드는 지점 중 하나로 변했다. 그때 혼자 보낸 겨울 같았던 청춘은 내가 내게 준 선물이다. 그 고민들 덕분에 이해할 수 있는 어쩌지 못하는 마음이 있고, 어려운 동작을 할 때의 까마득함과 당연한 것은 아무것도 없다는 것에 대한 뜨거운 공감이 있다.

마음을 존중하는 방법을 몰라서 자주 스스로를 상처 입혔지만 지나가고 알게 된 것은 그랬던 날들마저도 모두 거름이 된다는 것. 몸을 존중하는 방법을 몰라서 때로 이런저런 부상을 겪기도 했지만 회복하고 나서 알게 된 것은 그랬던 날들 덕분에 낫는 방법을 알게 되었다는 것. 지금의 내가 할 수 있는 말들과 쓸 수 있는 글들은 모두 20대의 내가 30대로 건네준 배턴이다. 나다워서 내 마음에는 도무지 차지 않았고, 그래서 던졌던 못마땅한 나의 눈빛을 감당하며 어쨌든 숨지 않고 멈추지 않아주어서 대견하다.

만족하는 방법을 모르고 욕심을 내며 보낸 시간 덕분에, 만족이라는 바탕 위에서 하는 노력과 만족하지 못하는 마음 바탕 위에서의 노력이 다르다는 것을 알게 되었다. 만족하지 못하는 마음 위에서 하는 많은 노력들은 당시에도 고달프고 시간이 흐른 후에 떠올리면 쓸쓸하다.

'만족하고 있나?'

만족이 참여하지 않는 바탕은 여전히 종종 길을 막고 서 있다. 붉은 등이 켜진 신호등 앞에서 한눈을 팔지 않고 보다가 초록빛 등이 반짝하는 순간 힘껏 길을 건너서 다음 블록으로 가면 만족이라는 바탕을 가진 땅을 만난다.

타고난 몸과 마음의 형태로 하는 데까지 힘껏 해보았는데, 그러다 어느 순간 그 이상은 할 수 없는 나에게 자꾸 실망을 했다. 만족을 해야 하는데 왜 여전히 자주 붉은 등 앞에서 멈추고 마는 것일까. 마음은 네모난

상자 안에 갇혀버린 어린 동물처럼 바깥으로 나가려고 힘을 내다가 지쳐버렸다. 바깥은 멀고, 이곳은 좁고, 이곳에서 나가려고 매일 할 수 있는 연습을 해보고 체력도 길렀는데, 결국에는 아무리 하고 또 해도 상자 안. 그 마음은 정말 아프다. 희망을 잃은 것만 같은 마음.

내가 생각하는 만족이 대체 어디에 있는지 살펴보다가 그동안은 형태에서 찾고 있었다는 것을 알게 되었다. 물론 어느 정도 형태에서 찾아오곤 하겠지만, 형태를 이루고 있는 내부에서도 찾아올 수 있다. 어떤 동작을 해내는 것에서 오는 만족도 있지만, 동작 안에서 몸의 구석구석을 온전히 감각할 수 있는 만족과 호흡을 인지할 수 있는 것에서 오는 만족도 있다. 형태를 채우는 호흡을 살피며 만족한다.

만족하지 못해서 욕심을 내고 노력을 하는 것이 스스로의 동력이라고 생각하기도 했지만, 이제 충만하게 만족감을 느끼면서 선한 마음으로 노력하는 삶의 길로 들어서고 싶다.

×
응
×
응
×
응
×
응
×
응
×
응
×
응
×
응
×
응
×

원의 원주처럼 멀리 걷기

언제나 멀리 가고 싶은 사람이었다. 내가 갈 수 있는 가장 먼 곳까지 가보고 싶어서 다른 대륙에 가기도 했고, 무슨 일을 하든 정말 열심히 했다. 학교에서 하던 일도 요가원에서 하는 일도 어쨌든 멀리 가보고 싶은 마음 덕분에 힘껏 노력하는 편이었고, 그래서 나쁘지 않은 성과들을 만들어낼 수 있었다. 그 마음 자체는 나쁜 마음이 아니었으나 가끔은 '지금'은 없이 먼 곳으로 향하는 나만 남아 허공을 볼 때가 있었다.

기대했던 만큼의 성과가 드러나지 않거나 어떤 칭찬의 말도 듣지 못하는 날에는 몸을 작게 만들어 웅크렸다. 무엇이든 올 수 있고, 무엇이든 오지 않을 수 있다고 생각하면서도 내가 원하는 그것만큼은 꼭 왔으면 좋겠다고 생각하는 모순. 꼭 와주었으면 좋겠다는 마음은 형태를 과장하도록 한다. 무리를 해서 소망하는 것이 온다면 무리라도 해보고 싶은 그 마음은 어딘가로 뻗어나가는 에너지의 시작점 같은 것은 차치하고 그 결과에만 집중하도록 만든다. 뭘 이루었는지에

만 온통 정신을 빼앗겨서 왜 그렇게 원했는지는 잊어
버리게 만든다.

왜? 왜 그것을 하고 있어? 왜 거기까지 가고 싶어?
왜 그렇게 서운해하는 거야? 왜 그렇게 기쁜 마음이
되는 거야?

아무도 묻지 않는 질문을 자신에게 던진다. 질문은
모두 현재에 쏟아진다. 과거와 미래가 있어서 지금의
내가 있지만, 질문에 답을 할 수 있는 존재는 역시 현
재의 나 자신뿐이니까.

요즘의 나는 자기소개 할 기회가 생길 때마다 별도
의 언급으로 꼭 이야기해야 하는 것이 아니라면 과거
의 성과를 지운 말들을 한다. 지금의 나의 마음과 앞으
로 배우고 싶은 것, 가보고 싶은 곳에 대해 이야기하는
것이다.

좋아하는 친구 카타리나는 자신을 요가와 서핑을

좋아하는 사람이라고 소개했다. 자연이 좋고 그래서 여행지는 도시보다는 산이, 산보다는 바다가 좋다고 말했다. 비거니즘이 좋고, 10분 정도 걸어가면 도착하는 샐러드집이 정말 좋으니 함께 가자고 이야기했다. 해변을 산책하는 말을 보면서 동물을 좋아하느냐고 묻고, 동물을 좋아하지만 동물원은 좋아하지 않는다는 나의 말에 자신도 그렇다고 말하면서 맑은 눈으로 웃었다. 해 뜨는 시간과 해 지는 시간 중 언제가 행복한지 묻고, 함께 바닷가에 앉아 해 지는 모습을 깜깜해질 때까지 보았다. 나무를 타는 원숭이를 보고 싶어서 커다란 나무들 아래를 휘휘 걸으며 언제 가장 슬펐는지 이야기를 나누던 우리. 돌아보면 모든 말들이 어린아이의 말과 같았다. 유럽에서 온 카타리나와 아시아에서 온 나는 모국어가 아닌 어색한 언어로 먼 과거에 이뤄낸 일들과 아주 먼 미래에 하고자 하는 일들 대신 지금 출발하는 많은 것에 대한 이야기를 했다. 그래서인지 돌아보면 우리의 대화는 온통 맑고 경쾌한 빛으로 가득하다.

이 이야기를 종알종알 떠들었더니 수업에 오셨던 분이 말씀하셨다.

"어디에서 읽었는데요, 우리가 다 크고 나면 아무도 장래희망을 묻지 않잖아요. 질문을 받지 않으니 생각을 안 하게 되고, 그런데 또 우리가 이력서는 자꾸만 쓸 일이 생기는 거예요. 이력서가 아니어도 이제껏 해왔던 일들의 목록은 정리할 일들이 생기죠. 그래서 지금 이 순간에 대한 말들보다 과거에 대한 말들을 더 많이 생각한대요."

닿고자 하는 지점을 향해 걸음을 놓지만 지금 내려놓는 발자국을 알아보며 나아간다. 과거의 성과를 내려놓고 원의 원주처럼 멀리 걷기로 한다. 출발하는 원의 중심에는 지금 이 순간이 놓인다. 아주 가볍게 멀리로 걸어본다.

×
응
×
응
×
응
×
응
×
응
×
응
×
응
×
응
×

바다는 파도의 고저를 감당한다

바다는 파도의 고저를 감당한다. 나무들은 계절을 감내하고, 살아 있는 모든 동물은 비와 바람을 견딘다. 높고 낮음과 깊고 얕음, 춥고 더움은 자연의 속성이라 거부하려는 사람만 지친다. 자연은 자연스럽게 흘러가도록 두어야만 한다.

그는 나에게 의리 있는 사람, 이라고 말했다. 처음으로 누군가를 뜨겁게 좋아하게 되어, 빛이 나는 마음을 눈빛에 가득한 상태로 건넨 "나는 어떤 사람인 것 같아?"라는 질문에 대한 답으로는 그리 적당하지 않은, 형제애가 느껴지는 답. '아, 나는 의리가 있구나?' 갸우뚱거리며 왜냐고 물으니, "다른 사람이었으면 멀어졌을 말에도 넌 참 돌아서질 않아. 묵묵해. 그리고 어쩐지 끝까지 그럴 것 같아."라고 했다. 먼저 돌아서버린 사람의 뒷모습을 바라보는 일이 얼마나 마음을 무너지게 하는지 아니까, 멀어지는 일이 한 사람을 얼마나 기울게 하는지 알고 있으니까, 겁이 나서 그런 거라고 말하지 않았다. 그는 나를 오해했다. 두려움 때문이 아니라 사랑 때문인 것으로 두었다.

누군가의 높낮이를 견디는 일은 어렵지 않다. 거리를 두거나, 반대로 더 깊어지면 모든 게 대수롭지 않은 상태가 된다. 대부분은 마음이 깊어질수록 상대의 높낮이가 나의 아주 낮은 곳으로 다가와 표면에는 물결이 커지지 않는다. 그럴 수 없다면 멀리 떨어진다. 너무 멀어서 높낮이는 내 피부에 닿지 않을 만큼 먼 곳에서 오니까 역시 표면은 잠잠하다.

나 자신과의 관계에서, 거리는 너무 가깝고 깊이는 깊지 않았던 여러 날 동안 나의 높낮이를 감당하는 일이 가장 어려웠다. 바깥의 누군가에게서는 더 깊게 걸어 들어가거나 더 멀리 돌아 나오면 되는데, 내면의 나에게는 깊게 들어가면서도 가시에 찔리고, 멀리 돌아나오면서도 걸음이 붙잡히곤 해서 오도 가도 못하는 마음이 되기 일쑤. 마음이 들뜨는 일과 몸이 가라앉는 일은 날씨에 따라, 계절에 따라, 혹은 바깥에서 일어나는 일에 따라 들고 나는 것이 당연한 것일 텐데 그렇게 들썩이는 나는 종종 나에게 미움의 대상이 되었다. 연습이 필요한 일에 연습도 없이 당연히 되기를 바랐던 마음의 결과였다. 쉬운 일일 줄 알았다.

학교에서는 말하기 듣기를 배우고, 읽기도 배우고, 쓰기도 배웠다. 모두 바깥의 말들을 잘 듣고, 잘 읽고, 바깥의 사람이 불편해하지 않을 말을 하는 방법이거나 쓰는 방법이었다. 그러니까 모두가 생각하는 사회화를 위한 활동들. 그것들을 별문제 없이 할 수 있게 되면 잘 살 수 있을 줄 알았는데 나와의 관계가 안 좋은 시기가 찾아오면 바깥에서의 모든 활동에 미세한 균열이 생기거나 내부가 더욱 엉망이 되었다.

다시 배워야 했다.
내 안에서 올라오는 이야기를 듣는 법.
내부에서 엉킨 채 흘러나오는 이야기들을 읽는 법과 그중 뱉어내야 하는 것을 쓰는 법.

내 안의 나에게 이야기하는 법.

누군가가 정해놓은 답 대신 나의 답을 찾아가는 법.

가시에 찔리더라도 깊어지고, 마음과 알맞은 거리를 둘 수 있게 되면 높낮이를 감당하게 된다. 가까워지고 깊어지면서 고요를 연습한다. 그것은 연습이 필요한 일이다. 저절로 되는 것이 아니라는 걸 알고 연습하다 보면 실은 어렵기만 한 일도 아니다.

의리를 지키려다가 나를 지키지 못한 날이 수두룩하다. 결국에는 의리를 지키려던 대상까지도 지키지 못한 날이 있다. 의리라는 것에 대해 다시 생각한다. '지켜야 할 도리, 도리를 지키려는 마음'이라고 사전에서 말한다. 나에게 의리를 지킨다. 누구보다 잃고 싶지 않으니까 마음의 높낮이를 내가 감당하면서.

표지 사진 Jackson David on Unsplash

본문 사진 aaron burden(12), stil(13), liana mikah po(23), liana mikah(35), brina blum(48), anne sack(60), sigmund(73), kelly sikkema(87), evie s (92), alexandra gorn(93), amith nair(105), kelly sikkema(118), raspopova marina(130), elijah beaton(148), annie spratt(161), qearl hu(176), jason briscoe(177), wolfgang hasselmann(189), richard lee(202), gabriel gheorghe(214), yeongkyeong lee(226), toa heftiba(239), allec gomes(250) on Unsplash

불안의 쓸모

초판 1쇄 발행 2021년 3월 22일

지은이 최예슬

책임편집 김수현
디자인 Aleph design

펴낸이 최현준·김소영
펴낸곳 빌리버튼
출판등록 제 2016-000166호
주소 서울시 마포구 월드컵로 10길 28, 202호
전화 02-338-9271 | **팩스** 02-338-9272
메일 contents@billybutton.co.kr

ISBN 979-11-91228-46-5 03810
ⓒ 최예슬, 2021, Printed in Korea